LINDA SUNSHINE

MULHERES QUE NAMORAM DEMAIS

E AS QUE MORREM DE VONTADE DE TER A MESMA SORTE...

MULHERES QUE NAMORAM DEMAIS

E AS QUE MORREM DE VONTADE DE TER A MESMA SORTE...

LINDA SUNSHINE

ENCONTROS BEM-SUCEDIDOS, SEXO FANTÁSTICO, RELACIONAMENTOS SAUDÁVEIS E OUTRAS ILUSÕES.

MATRIX

Direitos em língua portuguesa para o Brasil:
Matrix Editora - Tel. (11) 3873-2062
atendimento@matrixeditora.com.br
www.matrixeditora.com.br

Publicado sob licença da Three River Press, selo da Crown Publishing Group, divisão da Random House, Inc, Nova York.

Título original em inglês
Women Who Date Too Much... and those who should be so lucky

Capa e ilustração:
Anna Tahl, inspirada em "Girl with Hair Ribbon", de Roy Lichtenstein

Tradução:
Daniela P. B. Dias

Diagramação:
Diogo Shiraiwa

Revisão:
Adriana Parra
Luciane Helena Gomide

Dados Internacionais de Catalogação na Publicação (CIP)
SINDICATO NACIONAL DOS EDITORES DE LIVROS, RJ.

Sunshine, Linda
Mulheres que namoram demais / Linda Sunshine ;
[tradução Daniela P. B. Dias]. - São Paulo : Matrix, 2007.
Tradução de: Women who date too much

1. Relações homem-mulher - Anedotas. 2. Namoro - Anedotas. I. Título.

07-2951 CDD: 360.7
CDU: 392.4

Dedico este livro ao meu amado,
àquele que eu amei e perdi, àquele que
a minha mãe queria que eu amasse,
àquele que me amou, àquele de quem
eu gostava muito, mas não consegui amar,
e a todos os outros que
resolveram insistir assim mesmo.

SUMÁRIO

Não Se Pode Apressar o Amor,
o Negócio é Sair Com Muitos Caras Nesse Meio-Tempo!

PREFÁCIO

Você precisa ter alguém para amar enquanto está procurando alguém para amar.
SHELAGH DELANEY, *UM GOSTO DE MEL,* 1958

Algumas de nós estão se transformando nos homens com quem gostariam de se casar.
GLORIA STEINEM

Como Acabei Escrevendo este Livro

Era uma tarde de 31 de dezembro. Eu estava em casa, esperando meu namorado novo telefonar. O nome dele não era Jim, mas, para todos os efeitos, vou chamá-lo assim.[1]

Até onde eu sabia, Jim era praticamente o homem perfeito (embora eu deva admitir que não o conhecia muito bem). De qualquer maneira, ele tinha as quatro características fundamentais do bom namorado: era solteiro, hétero, bem-sucedido e *sexy* – e vamos combinar que encontrar tudo isso reunido num único homem é praticamente um milagre hoje em dia.

Nós tínhamos nos conhecido três semanas antes, e já saíramos quatro vezes juntos. Eu estava me esforçando ao máximo para não apressar as coisas (embora já tivesse pensado num nome lindo para o nosso primeiro filhinho).

Era praticamente certo que o Jim ia me convidar para passar a virada do ano com ele, embora só faltassem oito horas até a meia-noite. A essa altura, eu já tinha começado a repetir para mim mesma que precisava dar ao Jim o benefício da dúvida, e que de qualquer maneira aquelas oito horas seriam mais que suficientes para eu me arrumar, pois, afinal, já tinha sido esperta e comprado a produção de *Réveillon* perfeita (um modelito Prada) um pouco depois da primeira vez em que conversamos pelo telefone.

Nesse momento, o telefone começou a tocar e eu saí correndo para atender. Mas era só a minha agente, Beulah.

---

[1] *O nome dele era Joel Aaron Fargoet, e morava no número 745 da East 83rd Street, apt. 2L, N. York, NY, 10028. Idade: 42 anos. Altura: 1,80m. Peso: 78,5 kg. Manequim: 42. Número do Social Security: 151-39-9695. Senha do caixa eletrônico: mama.*

Tentei engolir o meu desapontamento enquanto ela explicava que tinha ido almoçar com um editor e que ele queria alguém para escrever um novo livro de humor sobre homens e encontros amorosos. Será que eu topava a empreitada?

Eu disse que estava esperando um telefonema importante e não podia falar naquele momento, mas que ia pensar no assunto.

"Genial", foi a resposta dela. "Já marquei uma reunião para depois de amanhã a fim de conversarmos sobre o projeto. Vai ser ótimo para a sua carreira!"

Eu fiquei de aparecer na tal reunião e desliguei. Pensando no tema dos encontros, cheguei à conclusão de que devia ser uma espécie de *expert* no assunto, depois de quase 20 anos na *frente de batalha,* por assim dizer. Essa idéia me deixou deprimida, o que por sua vez me deixou com fome. Dei uma última checada no meu recado da secretária eletrônica para conferir se a voz estava com aquele tom que reflete a mistura exata de empolgação e pouco-caso, e se a mensagem se parecia mesmo com a de alguém que tinha uma vida ótima – embora eu não fizesse muita idéia do que uma pessoa com uma vida ótima diria na sua secretária eletrônica (afinal, nunca tinha ligado para a casa da Jennifer Aniston). Peguei meu celular – se por acaso o Jim se lembrasse do número – e corri para a *deli* do outro lado da rua (até um telefonema importante pode esperar o tempo de um lanchinho básico pedido para viagem).

Cumprimentei Siros no balcão, pedi o meu sanduíche de sempre – salada de frango no pão de centeio com pouca maionese – e comecei a escutar disfarçadamente o papo de duas garotas sentadas ali perto.

"*Réveillon* é um feriado péssimo para as solteiras", suspirava a que tinha um cabelo que parecia ter sido penteado com o multiprocessador na velocidade rápida.

"Também não é tão bom para as casadas", retrucou a outra, uma pobre criatura que pelo visto não sabia manejar uma pinça. "Você fica lá olhando para aquela *pessoa* do outro lado da mesa e pensando como foi acabar se deixando ficar com *aquilo* por mais um ano inteiro..."

"*Réveillon* só é legal se você acabou de conhecer alguém e está naquela fase de começar a se apaixonar", Siros resolveu intervir, e as duas concordaram com acenos de cabeça.

Nessa hora, lembrei-me do Jim e mal consegui disfarçar um olhar de superioridade. Sanduíche pronto, voltei correndo para casa. O telefone estava tocando lá dentro.

É ele!

Depois dos minutinhos regulamentares de conversa fiada, ele resolveu partir para o que interessava. Explicou que tinha se envolvido com outra e que, sendo um cara monogâmico por natureza, estava começando a se sentir meio mal com o nosso caso. E que, portanto, seria melhor a gente não se encontrar mais.

Tive vontade de perguntar como ele arrumou tempo para se envolver com outra enquanto saía comigo, mas mesmo em pleno ataque de pânico qualquer pessoa sabe que essa é uma pergunta muito idiota de se fazer. Em vez disso, disparei: "Isso quer dizer que você não vai me convidar para passarmos o *Réveillon* juntos?".

"Acho que não. Já tenho outro compromisso para hoje."

"Com quem?"

"Com essa mulher com quem eu me envolvi. Ela é médica. Nós nos conhecemos há três meses numa sala de bate-papo virtual para solteiros com bichos de estimação de pequeno porte."

"Mas você não tem nenhum bicho de estimação de pequeno porte!", eu protestei.

"Pois é, nem ela", ele me disse, rindo como se tivesse acabado de fazer uma piada ótima.

"Entendi" – a essa altura, eu lutava para reunir o que me restava de dignidade. "Eu podia dizer que espero que vocês sejam felizes, mas estaria mentindo. Então tchau, até nunca mais."

"Nossa, pra que esse tom de despedida definitiva?"

"Porque é definitiva mesmo."

"A gente ainda vai se esbarrar por aí."

É, e espero que eu esteja ao volante de uma picape 4x4 e você atravessando fora da faixa de pedestres, foi o que eu tive vontade de dizer. Mas me limitei a uma tentativa meio fraca de ironia: "Não, se eu puder evitar".

Bati o telefone e chorei por um tempão, entre uma dentada e outra na salada de frango no pão de centeio. Tomei um banho demorado. Assisti a todas as retrospectivas do ano em todos os canais. Preparei uma xícara de chá. Comi tudo o que achei na cozinha, inclusive um vidro pequeno de maionese, às colheradas.

Fiz questão de estar bem adormecida à meia-noite, e de permanecer inconsciente o maior tempo possível.

Quando emergi do torpor, dois dias depois, tinha os olhos inchados, o nariz entupido, a barriga estufada e os dedos das mãos e dos pés mais enrugados que ameixas secas, depois de passar tanto tempo mergulhada na banheira. Não podia me sentir mais horrorosa. E pior: precisava me arrumar e comparecer a uma reunião em que todos esperavam me ver linda, loira e inteligente e ainda fazendo piadinhas sobre o fato de estar solteira. "Essas coisas só acontecem na minha vida", pensei, enquanto me encolhia embaixo das cobertas.

Finalmente, consegui me arrastar para fora da cama e ir fazer um café. No caminho, dei de cara com um cartão de visitas do Jim no quadro de ímãs e o piquei em mil pedacinhos. Em seguida, pus a cabeça para fora da janela e gritei a plenos pulmões: "Que graça tem sair em busca de um namorado com todo cara que aparece?".

"Não tem graça nenhuma!", retrucou uma moça que passeava com o cachorro pela 6ª Avenida.

Duas horas mais tarde, lá estava eu na editora com a minha agente. Tinha vestido preto dos pés à cabeça (numa tentativa de disfarçar os 6 quilos adquiridos no fim de semana) e levado um par de óculos escuros para esconder os olhos inchados. Mal conseguia emitir um som. Por sorte, Beulah assumiu a missão de ser linda, loira e inteligente e de fazer todas as piadas.

Da minha parte, eu só conseguia pensar no Jim. Ficava repassando o telefonema na cabeça, mudando os diálogos, como se eu tivesse dado o fora nele. Um desperdício total de energia, mesmo para alguém que – como meu analista disse uma vez – tem uma capacidade incrível de reescrever a própria história.

O editor olhou para mim. "Então você ficou interessada no nosso projeto?", perguntou, sorrindo.

"Posso incluir um capítulo sobre vingança?"

"Por que não?", ele disse, dando de ombros.

"Sobre pegar asco do gênero masculino?"

"Hmm, acho que sim."

"Sobre abraçar a idéia do celibato?"

A agente chutou minha canela por baixo da mesa.

O editor coçou a cabeça. "A idéia *ainda é* fazer um livro de humor, não é?"

Beulah deu uma das suas risadas coquetes que sempre me fazem ter vontade de estrangulá-la. "Ela está só brincando... É uma piadista mesmo."

Eu não estava, claro. Mas isso não vem ao caso.

Minha amiga Mary, astróloga nas horas vagas, costuma dizer que tudo nesta vida tem um lado bom. Acho que o lado bom dessa história foi o fato de eu ter conseguido um contrato para escrever um livro que vai me fazer lucrar à custa do Jim e de todos os caras que, sem saber, me forneceram um material precioso para escrevê-lo, e isso é ótimo. (Só não me perguntem se eu trocaria o livro, o contrato e a minha agente pela festa de *Réveillon* com o Jim, por favor.)

Agora, se vocês me dão licença, eu preciso ir pegar alguma coisa para comer.

Linda Sunshine
Uma tarde de sexta-feira em março
Loja do Burger King, Nova York

A HISTÓRIA DOS ENCONTROS AMOROSOS

O tempo foi a ferramenta encontrada pela Natureza para impedir que as coisas aconteçam todas de uma vez só.
AUTOR DESCONHECIDO

Ninguém deveria ter que dançar de marcha a ré na vida.
JILL RUCKELSHAUS, *NEW YORK TIMES*, 3 DE AGOSTO DE 1973

A Marcha Nupcial da Civilização: os Encontros Amorosos, de Adão e Eva ao caso "Ben e suas duas Jens"

A primeira tentativa oficial de um encontro entre dois seres humanos aconteceu no Jardim do Éden e nasceu, como vem sendo desde então com todos os encontros amorosos, de um grande mal-entendido.

Adão estava tomando seu café da manhã, certo dia, quando reparou que uma jovem o espiava de trás da seringueira. Olhando com mais calma, Adão achou que a moça estava com vergonha de se aproximar e perguntou: "Quer sair daí?".

Eva, a primeira solteira da história, sentiu que não podia deixar passar uma oportunidade dessas. "Claro", ela disse. "Vejo você na hora do almoço." E foi correndo lavar o cabelo.

Há uma discussão entre os historiadores sobre o rumo que as coisas teriam tomado caso Adão não tivesse resolvido perguntar se Eva queria sair de trás da tal seringueira.

Mas o fato é que ele pronunciou o fatídico "quer sair?" e que o casal continuou saindo junto pelo resto da vida (o que não deve ter sido tão difícil assim, visto que Eva não tinha concorrentes e que a celulite só seria descoberta milhões de anos mais tarde). Outro historiador observou que Eva tinha ainda uma outra vantagem imensa com relação ao resto do gênero feminino, porque nem durante as brigas mais feias Adão podia acusá-la de ser "igualzinha à sua mãe".

Ao longo do que hoje chamamos Idades da Pedra, do Gelo, do Bronze e do Ferro, um "encontro" era definido basicamente como uma reunião informal com o propósito da caça e coleta de alimentos (tipo uma balada moderna, só que com todo mundo descalço e de casaco de pele). Quase não havia romantismo envolvido – os homens primitivos ainda demorariam a inventar o namoro virtual. A verdade é que não aconteceu muita coisa significativa até a descoberta científica da Astrologia, que mudaria os rumos do flerte para sempre ao permitir que os rapazes passassem a abordar as moças perguntando: "E aí, gata, qual é o seu signo?".

Historicamente, o avanço seguinte pode ser creditado a Cleópatra, rainha do Egito. Depois do assassinato do namorado, César, Cléo começou a jogar charme para Marco Antônio, marido de sua melhor amiga, transformando-se, assim, na primeira mulher do mundo a sair com um homem casado. Mas, como muitos relacionamentos desse tipo, o caso dos dois acabou mal. Cleópatra suicidou-se aos 39 anos.

Por muitos séculos depois, o amor deu lugar à guerra como principal fonte de registros históricos. Foi só na Revolução Francesa que a coisa voltou literalmente a esquentar, pelas mãos da fogosa Maria Antonieta. A austríaca gostava de misturar carícias ousadas e chantili, numa combinação que enlouquecia Luís XVI. Dizem, inclusive, que foi em meio a um desses *amassos ao creme* que os dois inventaram, sem querer, o famoso beijo francês, que Antonieta depois se encarregaria de praticar à exaustão com todos os rapazes de Versalhes – fazendo os encontros amorosos enfim voltarem à moda, no final do século XVIII.

Nos idos de 1800, diversos avanços tecnológicos alterariam radicalmente os padrões dos encontros amorosos. Em 1824, foi patenteado o processo de fusão de borracha a fibras de tecido. Esse evento, aparentemente inócuo, levaria à criação das cintas-ligas, a peça de roupa que quase provocou, sozinha, a extinção absoluta da prática do namoro.

Em 1864, George Pullman criou o primeiro vagão-dormitório para viagens ferroviárias, dando aos homens de negócios um motivo para levarem as namoradas em seus compromissos de trabalho em outras cidades. E não demorou para que as pessoas começassem a namorar também em outros meios de transporte. Na verdade, provavelmente a invenção de Pullman seja a responsável até mesmo pela popularidade dos encontros em banheiros de avião entre os solteiros viajantes de hoje – que tem como expressão máxima a criação do Mile High Club,[2] do qual eu, aliás, não faço parte (não por enquanto, pelo menos).

Em 1867, veio a máquina de escrever. Ela não teve qualquer efeito direto sobre os encontros amorosos em si, mas foi o que permitiu que eu escrevesse esta frase sem precisar recorrer à pena e à tinta.

Mas ninguém duvida de que a contribuição mais significativa – e prática – desse século para os encontros amorosos veio em 1891, com a invenção do zíper.

Em 1907, o Model T da Ford tornou-se o primeiro automóvel produzido em larga escala, fazendo com que todo mundo passasse a ter o seu próprio carro. Esse foi um passo importante – afinal, de que outro jeito as pessoas poderiam ir ao *drive-in*?

A grande polêmica entre os historiadores que se dedicam ao tema é determinar em que época exata o termo "relacionamento" passou a fazer parte do vocabulário amoroso. Na tentativa de descobrir a origem do seu uso, pesquisadores dedicaram-se a estudar centenas de horas de *reality shows* do tipo *Namoro na TV* e *The Bachelor*, mas não chegaram a conclusão alguma. E os estudiosos repararam que, coincidentemente, a sua incapacidade

---

[2] *N. da T.: "Clube das Alturas" é a expressão criada para designar as pessoas adeptas do sexo a bordo de aviões em trânsito.*

de definir em que ponto da seqüência dos *encontros* se configura um *relacionamento* é exatamente o mesmo dilema que perturba a maior parte dos homens solteiros na atualidade.

Mas nenhuma discussão sobre o tema ficaria completa sem uma avaliação detalhada do mais marcante livro para o público solteiro publicado no século XX, *Sex And The Single Girl* [3], que desde a sua primeira publicação, em 1963, tornou-se um dos mais falados de sua época. Destrinchado amplamente por inúmeras resenhas e críticas, o livro teve o seu valor intelectual intrínseco mais bem definido nas palavras da diva Joan Crawford, que declarou: "[Este livro] é o que todo homem deveria ter na mesa de cabeceira – quando não estivesse dormindo com alguém, é claro". (Para mais informações sobre como Helen Gurley Brown movimentou a vida social dos homens comprometidos, veja o artigo *Namorando Homens Casados*, na página 144.) Como prova de sua relevância, o livro foi adaptado para as telas já em 1964, num filme estrelado por Tony Curtis e Natalie Wood[4].

Observe como, no parágrafo que comentaremos a seguir, a sra. Brown revela um talento notável para desvendar os meandros mais complexos da psique masculina. "Quando o homem pensa numa mulher solteira", ela escreve, "ele a visualiza sozinha em seu apartamento, com a pele macia das coxas coberta por uma calça capri de seda cor-de-rosa, recostada sobre montes de almofadas de cetim e tentando ler, sem conseguir se concentrar muito bem, porque afinal *ele* está de certa forma muito presente no recinto, tomando de assalto todos os seus pensamentos, seus sonhos, sua vida".

Por mais que trechos do texto tenham se tornado irremediavelmente datados (quem consegue bancar um apartamento sozinha hoje em dia? E quem consegue manter as coxas macias?), boa parte do livro – em especial os preciosos conselhos da sra. Brown – mantém-se, por incrível que pareça,

---

[3] *N. da T.: lançado no Brasil como* A Vida Sensual da Mulher Solteira.

[4] *N. da T.: o filme foi lançado no Brasil com o título de* Médica, Bonita e Solteira.

tão útil e aplicável para a mulher solteira moderna quanto era nos distantes anos 1960. Basta ver as pérolas da sabedoria de Helen Gurley Brown destacadas aqui:

♥ Há três categorias de pessoas que uma mulher solteira precisa ter por perto: um bom açougueiro, um mecânico experiente e um casal rico e influente.

♥ Exija presentes caros dos seus pretendentes (e dê motivos que os inspirem a querer comprá-los). Esses mimos são as recompensas da solteirice.

♥ Se ele insinuar que prefere *rachar* a conta do restaurante, não pense duas vezes e risque-o do seu caderninho de telefones.

Mas, para mim, o conselho mais genial do livro não tem nada a ver com sexo, e sim com política. A sra. Brown não se cansa de afirmar e reafirmar a importância de construir uma carreira profissional sólida e de competir em pé de igualdade com os homens no mercado de trabalho. Ela pode praticamente ser considerada uma das precursoras do movimento feminista. A frase que reproduzo a seguir certamente inspirou Gloria Steinem (e outras do mesmo quilate) a ter garra para galgar os degraus da hierarquia do mundo corporativo: "A cada dois meses mais ou menos, um grupo de moças que trabalham comigo reúne todas as suas roupas que precisam de consertos e nós organizamos uma noite de fofocas e costuras só para *as meninas.* Uma verdadeira delícia!"

Embora a idéia sempre tenha me parecido a solução ideal para enfim fazer o botão da capa de chuva que está solto há meses voltar para o seu devido lugar, na época em que eu trabalhava numa editora nenhuma das outras executivas do meu andar parecia muito disposta a abraçá-la. E nem mesmo quando eu levei meu exemplar surrado de *A Vida Sensual da Mulher Solteira* para o escritório elas se interessaram pelas delícias de uma noite de costuras e papo *de mulherzinha.*

O declínio da popularidade dos grupos de costura organizados entre colegas de escritório talvez não seja a única diferença observável na vida social da mulher solteira dos tempos da publicação do livro para cá. Se alguém fosse escrever uma versão para o século XXI do livro de Helen Gurley Brown (e, sim, eu estou me candidatando à função), o título teria de ser *Sex And The Insignificant Other*[5].

Em outra empreitada acadêmica, estudiosos resolveram analisar os dois livros sobre sexo mais populares das últimas décadas para tentar definir a partir deles as preferências sexuais da modernidade. No princípio dos anos 1970, *Tudo o Que Você Queria Saber Sobre Sexo Mas Tinha Medo de Perguntar* foi um *best-seller* absoluto. No fim da década, *Os Prazeres do Sexo* liderou as vendas de livros sobre o tema. E o que nós podemos deduzir claramente a partir desses dados é que, com o passar dos anos, as pessoas foram começando a preferir livros com títulos mais curtos.

Na década de 1980, muitos estudiosos afirmaram que os padrões básicos da dinâmica moderna dos encontros amorosos estavam resumidos no clássico dos chamados "filmes de solteiros", *O Reencontro,* mais especificamente no discurso de Meg (Mary Kay Place) depois que nós ficamos sabendo que Nick (William Hurt) não vai assumir a paternidade do filho dela (fato que obviamente deixaria qualquer mulher solteira na maior depressão):

"Todos são casados ou então são gays", Meg diz, referindo-se aos homens da sua vida. "E os que não são gays acabaram de terminar o namoro com a mulher mais fantástica do mundo ou então com uma sujeitinha muito parecida comigo. Eles estão recém-saídos de um relacionamento e precisam de espaço – ou estão cansados de tanto espaço, tanto faz –, mas simplesmente não podem encarar outro compromisso agora ou, se podem, têm medo de se envolver. Alguns desses até querem se aproximar, mas você só pensa em fugir deles."

---

[5] *N. da T.: ou, em tradução livre, algo como* A Vida Sexual com Parceiros Aleatórios.

É interessante notar que a fala da personagem é inteiramente corroborada por um estudo definitivo divulgado por Harvard na década de 1980 que concluía que uma mulher solteira entre 30 e muitos e 40 e poucos anos tinha tantas chances de vir a se casar quanto de ganhar na loteria da cidade de Nova York duas vezes seguidas. Numa pesquisa mais recente feita por estudiosos de Stanford, foram estabelecidas diversas ligações entre o furor com que a mídia divulgou esse tal estudo e o aumento vertiginoso do consumo de Prozac na porção final do século XX.

E os estatísticos lembram, ainda, que os problemas da dinâmica amorosa moderna têm sido exacerbados, nos últimos 20 anos, pelo fato de haver bem mais mulheres do que homens solteiros no mercado dos encontros e namoros. Para compreender melhor essa disparidade, veja o quadro da página 25 mostrando em detalhes a proporção de homens solteiros para mulheres solteiras na cidade de New York (Manhattan é considerada a meca dos solteiros americanos e é uma das poucas cidades no país em que os bares ficam habitualmente abertos até a madrugada, os restaurantes de comida chinesa entregam 24 horas por dia durante toda semana e os analistas atendem a telefonemas de emergência 11 meses por ano).

Os dados mostrados no gráfico foram compilados pelo Singles Census Bureau, um grupo também conhecido como Mães Ansiosas de Filhas Solteiras em Manhattan (AMOSDIM, na sigla em inglês), que monitora o número de solteiros disponíveis na cidade e organiza uma cerimônia fúnebre simbólica cada vez que um deles se casa ou muda para a Flórida.

Especialistas afirmam que foi um conjunto complexo de razões psicológicas, sociais e demográficas que levou ao aumento acentuado no número de mulheres solteiras no princípio dos anos 2000, como por exemplo:

♥ Muitas mulheres hoje têm bons empregos e se sustentam sozinhas. Mas, como os salários femininos ainda são consideravelmente mais baixos que os de funcionários masculinos em cargos equivalentes, motivações de ordem econômica acabam tendo um peso importante na opção pela solteirice: por causa da sua renda comparativamente mais baixa, muitas mulheres hesitam ao pensar em se casar e ter que assumir as despesas extras de um marido e, talvez, de futuros filhos.

♥ Os homens classificados como "disponíveis" pelo Census Bureau muitas vezes não têm interesse algum em se casar, mesmo com mulheres que gastem fortunas em depilação e perfumes importados. Muitos deles, aliás, preferem perguntar o endereço da depiladora e marcar uma hora para si mesmos.

♥ Muitas mulheres na casa dos 30 e 40 anos só se interessam por homens comprometidos e gastam a maior parte dos seus anos potencialmente casadoiros apaixonadas por seus chefes ou analistas casados. Assim, essas mulheres dilapidam as próprias chances de virem a encontrar companheiros que se lancem com elas na aventura do matrimônio.

♥ Muitas de nossas mães, nascidas nos anos do *baby boom* americano, tiveram a infelicidade de chegar aos 20 e poucos anos num momento especialmente crítico da história dos Estados Unidos. Elas são as mulheres que entraram em idade de se casar justo na época da estréia do programa da *Mary Tyler Moore.* A imensa popularidade do seriado estimulava essas jovens a ficarem em casa nas noites de sábado diante da TV em vez de saírem com pretendentes em potencial, diminuindo muito as suas chances de agarrar um marido. Além disso, elas ficavam expostas à lavagem cerebral promovida pelo tal programa, que propagandeava que não havia problema algum em ser solteira, desde que você fosse magérrima, se vestisse bem e tivesse amigos divertidos. Só quando essa geração inteira de moças chegou ao final dos 30 para 40 anos foi que elas foram se dar conta de que, na vida real, a Mary Tyler Moore já tinha tratado de se casar com um médico judeu bem-sucedido e 16 anos mais novo. E o que ocorreu foi que muitas delas jamais se recuperaram dessa revelação chocante e acabaram passando suas fobias pós-traumáticas para as filhas, que, não por acaso, cresceram assistindo a *Sex And The City* – um outro seriado que trazia a mesma mensagem da Mary, mas com uma roupagem *à la* anos 2000. Carrie Bradshaw certamente concordaria com a máxima de que não tem problema ser solteira, desde que você seja magérrima, se vista bem, tenha amigos divertidos e fale sobre sexo oral seis vezes ao dia.

As solteiras atuais são completamente diferentes das garotas de calça capri rosa de Helen Gurley Brown. Uma mulher solteira, hoje em dia, tem grandes chances de já ter comprado o imóvel onde mora, e não se sente mais deslocada entre parentes e amigas casadas. Ao contrário. As moças provavelmente se dão muito bem com crianças, sejam filhos de amigos ou seus próprios sobrinhos. Elas viajam com freqüência, são bem-informadas, participam da vida política do país e se preocupam com a manutenção da própria saúde. Muitas vezes, têm cargos cobiçados e uma série de vantagens decorrentes do seu status social. Suas vidas são um sucesso absoluto, muito embora a grande maioria delas passe, por incrível que pareça, a maior parte do tempo chafurdando num estado semidepressivo.

Para ter um panorama mais acurado da dinâmica atual dos encontros amorosos e de como ela afeta as mulheres, esta repórter esteve num seminário de solteiras promovido no Hotel Dew Drop Inn em Massapequa, NY, para chamar a atenção da mídia para as agruras sociais enfrentadas por essas mulheres. O auditório estava totalmente lotado de moças vestindo camisetas com os dizeres: "Eu preferiria estar casada, ou pelo menos namorando alguém especial". O tique-taque dos seus relógios biológicos marchando inexoravelmente em uníssono era quase ensurdecedor.

Quando questionadas sobre as tais agruras da sua vida social, a maioria das mulheres presentes deu respostas confusas e cheias de rancor.

SOLTEIROS NA CIDADE - 2005

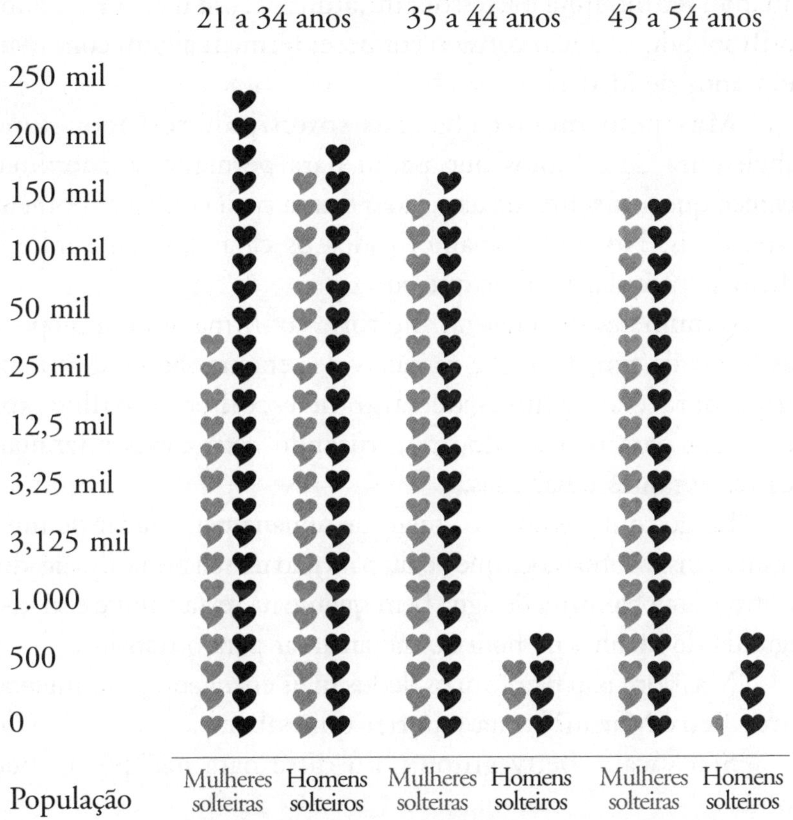

Y = população de solteiros na cidade de Nova York.

Y = parte da população de solteiros na cidade de Nova York que deseja se casar.

Faixa etária	Total de Mulheres solteiras	Total de Homens solteiros	Que querem se casar Mulheres solteiras	Que querem se casar Homens solteiros
21-34	235.986	186.658	27.986	156.987
35-44	167.890	156	127.890	2*
45-54	134.879	234	134.879	0,05**

** Esses dois são Sam Debittle, do Queens, e Marty Cain, do Brooklyn.*

*** Guy Trombone, solteiro de 53 anos de Valley Stream, diz que talvez tope se casar se aparecer uma "garota com tudo em cima que saiba fazer uma comidinha igual à da mamãe".*

"O que eu posso dizer? É o fim da picada!", sentenciou Tiffany Detroit, uma professora de jardim-de-infância de 34 anos do Brooklyn. "Eu não consigo conhecer homem algum com mais de 5 anos de idade."

"Mas pelo menos eles são solteiros", retrucou uma cabeleireira de 29 anos que pediu para permanecer anônima. "Parece que a sua área de atuação é ótima para conhecer homens disponíveis. No meu trabalho, todos os caras que eu conheço sabem se maquiar melhor que eu."

As mulheres reunidas no auditório confirmaram que a época das festas de fim de ano e os finais de semana são os dias mais duros para elas. Muitas declararam escolher trabalhar aos domingos para não ter de ficar cruzando com casais e famílias nos restaurantes e nas ruas.

"Eu gosto de reservar os finais de semana para cuidar de mim mesma", disse outra moça que pediu para não ter seu nome divulgado. "Entro numa banheira de água bem quente na sexta à noite e só saio segunda de manhã, na hora de me arrumar para o trabalho."

"Mas você não fica com os dedos mais enrugados que ameixas secas, Betty Martin?", esta repórter quis saber.

"Sua vaca!", Betty gritou. "Eu disse para não pôr o meu nome!"

Com poucas exceções, a maior parte das entrevistadas no bar do hotel expressou pesar diante da constatação de que provavelmente elas não vão ter filhos. "Eu nunca vou poder submeter uma criança ao mesmo tipo de manipulação emocional que a minha mãe fazia comigo", suspirou uma moça que havia tomado 15 daiquiris de banana e estava deitada no balcão. "É por isso que eu bebo", ela explicou, antes de *apagar* definitivamente.

Esta repórter deixou o Dew Drop Inn com uma compreensão bem mais profunda das atribulações que acometem a mulher solteira hoje – e com uma cartela de consumo no bar inacreditável.

Mas essas observações não devem ser motivo de desespero para as solteiras. Ao contrário, a idéia é dar-lhes ainda mais razões para perseverar na sua busca.

Desde o primeiro "quer sair?" que lançou desavisadamente Adão nos braços de Eva até as idas e vindas acompanhadas por *to-das* as revistas entre Ben Affleck e J-Lo – e mais tarde seu envolvimento com a *outra* Jennifer –, os encontros amorosos sempre foram um teste de resistência para quem se lança nesse universo da busca pelo amor. E não parece que as coisas vão mudar tão cedo. Afinal, como dizia a faixa pendurada na entrada do bar do Dew Drop Inn, "Se Deus quisesse que a vida fosse fácil para as solteiras, por que Ele teria criado a noite de Ano-Novo?".

Diversão e lucro: uma perspectiva financeira da busca amorosa

Os encontros são o aspecto mais importante da vida de uma pessoa solteira. Essas pessoas costumam investir quantidades imensas de tempo, energia e dinheiro na busca amorosa, mas, estranhamente, se esquecem de estender o seu planejamento financeiro a essa área da vida.

Todo mundo gasta montes de energia traçando metas profissionais e estratégias para atingi-las. Nós somos da geração dos adoradores do *Santo MBA,* acreditamos em projeções de custos e análises de lucro e prejuízo. E por que diabos, então, não aplicamos esses princípios básicos à nossa vida social?

Quando foi a última vez que você sentou para fazer o plano de negócios da sua carreira no mercado amoroso? Quando foi a última vez que você montou um gráfico comparativo de custo médio por encontro? Você tem o hábito de fazer atualizações periódicas no seu catálogo de contatos sociais?

Se você não faz a mais vaga idéia do que essas perguntas querem dizer, acaba de chegar ao capítulo certo. Aqui você vai aprender a organizar os gráficos para monitorar sua vida social com eficiência, a preparar um plano de negócios para otimizar a sua atuação no mercado do amor e a fazer a análise de ativos e passivos de cada pretendente em potencial. Vai criar uma meta de lucros para sua vida social e conhecer os critérios de desvalorização que vão deixar seu ex-namorado mais por baixo que o seu carro no feirão de usados.

Talvez este seja o capítulo mais importante que você vai ler aqui, então, trate de prestar bastante atenção. Se estiver com vontade de ir ao banheiro, vá logo, para não interromper a leitura depois.

Plano de negócios da carreira amorosa
O Mercado

Segundo a revista *Dating Industry Trends* – uma publicação especializada sobre o mercado dos solteiros –, até o final da década de 1980 o encontro amoroso era uma atividade rotineira, que envolvia carros *envenenados, punk rock*, vinho barato e cabelos com gel. De lá pra cá, a coisa se tornou bem mais complexa.

Kirby Denver, editor da revista, explica: "A dinâmica dos encontros amorosos nos anos 2000 pode ser comparada ao Roller Derby[6] clássico – uma prova de vida ou morte para ver quem vai ser jogado para fora da pista primeiro".

Embora as interações sociais estejam mais em voga do que nunca, o encontro amoroso parece uma instituição em franca decadência sob alguns aspectos. Segundo previsão da *Dating Trends,* entre 2004 e 2010 deve ser registrado um aumento de 10% no total de encontros realizados e de 47% nos gastos médios por encontro, mas com uma queda de 97% no grau de satisfação pessoal dos envolvidos. O primeiro aumento pode ser creditado ao crescimento populacional, o segundo, à inflação; e as matérias na imprensa sensacionalista sobre disfunções sociais variadas devem contribuir para a queda acentuada no grau de satisfação.

E quem será afetado por essas tendências? O mercado da busca amorosa é definido de maneira geral como "a faixa abaixo dos 35 anos", e isso se deve a diversos fatores. Historicamente, pessoas com mais de 35 anos são consideradas vividas demais para continuar submetendo-se a encontros em série com possíveis pretendentes. Toda a experiência acumulada nos anos de escola e

---

[6] *N. da T.: uma espécie de corrida sobre patins, disputada em pista oval.*

de faculdade e nos encontros com colegas de trabalho levaria a maior parte dessas pessoas a dar essa etapa da vida por encerrada e aceitar casar-se com o primeiro que as aceitasse.

Por causa disso, muitos pensadores racionais previam a extinção da prática dos encontros. Mas mesmo assim eles continuaram acontecendo nas últimas três décadas, apesar de sabermos que a pílula anticoncepcional causa câncer, que o herpes é incurável e que não há nem uma tirada engraçadinha que alguém solteiro possa fazer sobre a aids. As pessoas continuam saindo para encontrar pretendentes em potencial. Isso levou a maior parte dos especialistas a concluir que:

1. Ou as pessoas são incrivelmente estúpidas, ou a força do tesão tem um poder inacreditável.

2. O poder de permanência da prática dos encontros amorosos está além de qualquer explicação racional. Segundo o

MODELO DE PLANILHA DE ENCONTROS

(separados por categoria, mês a mês)

	jan.	fev.	mar.	abr.
encontros às escuras				
primeiros encontros				
com homens casados				
com homens mais jovens				
desastres absolutos				
ficadas aleatórias/sexo casual				
rolos (mais de uma saída juntos)				
namoros (mais de duas saídas juntos)				
TOTAL MENSAL				

dr. Donald Rumbacon, físico do Comitê de Energia Atômica do Arkansas, "estima-se que as únicas coisas a sobreviver a um holocausto nuclear seriam as baratas e o encontro às escuras".

Freqüência

A cada dia da semana, cerca de 37.895.987 novos casais em potencial saem juntos nos Estados Unidos. Desse total, aproximadamente 22.456.789 encontros são um fracasso absoluto. Mesmo restando 15.439.198 encontros supostamente bem-sucedidos, eu nunca vi nenhum deles acontecer comigo nem com ninguém que eu conheça.

Numa semana típica, essa média se mantém relativamente inalterada de terça a sexta-feira e apresenta uma queda vertiginosa aos sábados, quando a maior parte dos homens casados fica em casa com a esposa.

mai.	jun.	jul.	ago.	set.	out.	nov.	dez.

Em contrapartida, o número de encontros às escuras e primeiros encontros aumenta muito nas noites de sábado, numa reação das mulheres solteiras para tentar provocar ciúmes nos seus parceiros casados.

Saídas aos domingos, embora freqüentes, tendem a terminar cedo (em geral antes do anoitecer), porque, independentemente da idade ou do status que uma pessoa alcance na vida, aos domingos ela sempre tenderá a pensar que "amanhã é dia de aula".

E, segundo as últimas pesquisas do governo, nas segundas à noite todo mundo fica em casa para conferir a revista da semana, que acabou de chegar às bancas.

Catálogo de estoque

A força de qualquer empresa está na boa administração do catálogo e do estoque, e o mesmo vale para sua vida social. A dra. Marcia Quisont, PhD em Encontrologia Patológica (o estudo dos padrões de busca amorosa entre solteiros deprimidos) da Universidade de Columbia, criou o modelo de planilha de gerenciamento (págs. 30 e 31), que qualquer leigo pode usar para administrar seu estoque de contatos:

1. Em termos quantitativos, a planilha ajuda a determinar os meses mais bem servidos de vida social. Reflita sobre o que pode tê-la tornado tão especialmente atraente no período em questão. Você havia acabado de renovar o guarda-roupa? Tinha feito um corte diferente no cabelo? Estava freqüentando um bar de solteiros novo? Estava usando drogas?

2. A presença do número zero (0) em mais de 39 áreas da planilha é sinal de que você precisa aumentar sua taxa mensal de encontros. Está na cara que você não anda saindo de casa o suficiente.

3. Se você anda marcando muitos pontos na coluna das ficadas e sexo casual e poucos na de primeiros encontros, talvez seja hora de reavaliar os critérios que usa para escolher os sujeitos que vão acompanhá-la até em casa.

4. Caso haja muitos encontros às escuras e poucos rolos e namoros, você precisa investir numa rede melhor de amigos, que possam lhe arrumar bons pretendentes.

5. Se a única categoria pontuada é a dos desastres, é hora de comprar um pacote completo dos livros e vídeos do dr. Phil[7]. Um banho de auto-ajuda vai colocá-la no rumo certo, garota!

Publicidade e promoções

Uma maneira de aumentar o total de encontros é investir as energias no marketing e venda do seu produto (ou seja, você mesma). Talvez seja preciso investir num veículo de publicidade de massa para se promover junto ao público consumidor masculino – não torça o nariz nem se sinta constrangida com essa idéia. Um dos lemas da busca amorosa nos anos 2000 é bem conhecido por qualquer pessoa que tenha um *laptop*: a estratégia do *pop-up* sempre compensa.

Em quase todos os *sites* da rede, do *Yahoo!* à página da associação de processadores de peixe, os anúncios voltados para solteiros são os que garantem o maior retorno. Logo eles deverão preencher 90% do espaço de qualquer página na internet, deixando apenas 10% para o conteúdo e os anúncios das empresas que prometem limpar o seu nome na praça.

Infelizmente, essa fartura de promessas de felicidade amorosa *on-line* acaba reduzindo muito as suas chances de encontrar o par ideal. Com tanta concorrência, você é obrigada a investir mais em originalidade.

Use a imaginação. Um dos lugares perfeitos para anunciar suas qualidades são os vidros do carro. Entre na onda dos adesivos e cole um "SOLTEIRA A BORDO", ou "PROCURA-SE NAMORADO".

Vale também pintar o número do celular no vidro traseiro, ou mandar fazer uma placa personalizada com ele.

Aposte também nos adesivos de pára-choque: EU FREIO PARA SOLTEIROS, EU FREIO PARA CARAS BONITOS, EU PREFERIRIA ESTAR

[7] *N. da T.: Philip McGraw, autor de uma lista de* best-sellers *do gênero e considerado "guru da auto-ajuda" nos Estados Unidos.*

NAMORANDO, EU TOPO ENCONTRO ÀS ESCURAS, E VOCÊ? ou BUZINE SE QUISER JANTAR COMIGO! são boas idéias.

Caso você não tenha um carro, aproveite as mesmas frases de alguma outra maneira criativa: mande imprimir numa camiseta ou boné, ou, ainda, tatuar na testa. Você pode também fazer um chapéu que tenha uma lâmpada embutida que pisque quando estiver livre para marcar novos encontros (se a tática funciona tão bem com os táxis de Nova York, por que não daria certo com você?), ou mandar fazer cartazes e sair por aí de mulher-sanduíche (ou, se morar num bairro mais chique, mulher-*croissant*).

Caso tenha dinheiro suficiente, mande colocar um *outdoor* no seu bairro ou contrate um avião para escrever o seu anúncio com fumaça no céu. A publicidade certamente compensa, e, nessa área, vale a máxima do quanto maior, melhor!

Lucros e prejuízos

A verba de publicidade vai ser apenas um dos itens a levar em conta no seu livro-caixa. Naturalmente, para que sua vida social seja lucrativa, tudo deve começar com um orçamento criterioso. E, se quiser projetar o orçamento do próximo ano, vai ser preciso começar a anotar os gastos agora e definir o seu custo médio por encontro o quanto antes.

Esse custo vai variar de acordo com fatores como os preços da linha de produtos para cabelo que você usa, se você topou ou não experimentar a nova máscara de colágeno sugerida pela esteticista na limpeza de pele deste mês e se pretende usar novamente aquela tanguinha de renda vermelha que comprou na Victoria's Secret durante um surto de otimismo. Marcando os gastos na tabela comparativa a seguir, fica fácil computar o total investido em qualquer encontro em particular. E, com ela em mãos, fica mais fácil avaliar se o investimento compensou ou não. Segundo uma *yuppie* amiga, "O custo por encontro é o parâmetro mais seguro para determinar se você deve ou não continuar se encontrando com um determinado sujeito".

Tabela de custo comparativo por encontro

Quantia	Tom	Dick	Harry
Gastos pessoais			
roupas (inclusive lingerie)			
cabelo			
sapatos			
maquiagem (e demais cosméticos)			
descoloração (cabelos, buço etc.)			
conta da lavanderia			
manicure/pedicure			
acessórios de grife			
Cabelos			
corte			
equipamento (secador, chapinha etc.)			
produtos (*mousse*, gel, *spray* etc.)			
acessórios (boinas, fivelas etc.)			
Moradia			
comida e bebida			
faxineira			
lavanderia (para lençóis, toalhas etc.)			
Lazer			
ingressos (cinema, shows etc.)			
contas de restaurantes			
consumo em bares			

Quantia	Tom	Dick	Harry
Produtos em estoque			
desinfetante (para o banheiro)			
gel espermicida/camisinhas (valor bruto)			
Pesquisa e desenvolvimento			
provedor de internet			
personal trainer do amor			
Transportes			
carro (US$ 0,10 por km rodado)			
gasolina e estacionamentos			
bilhetes de metrô			
Diversos			
conta do telefone			
afrodisíacos e acessórios sexuais			
Valium ou outras drogas			
comida *diet* (até a data do encontro)			
TOTAL DE GASTOS			

Fórmula

Depois de somar o total gasto em cada encontro, você pode calcular facilmente o custo médio por encontro. A fórmula é muito simples:

$$\frac{\textit{total de gastos}}{\textit{número de encontros}} = \textit{custo médio por encontro}$$

Por exemplo, se você gastou US$ 450 com Tom e saiu cinco vezes com ele, basta fazer a conta:

$$\frac{\$450}{5} = \textit{em média } \$90 \textit{ por encontro}$$

Se você gastou o mesmo valor com o Dick, mas só saiu com ele duas vezes, o custo médio será bem maior:

$$\frac{\$450}{2} = \textit{em média } \$225 \textit{ por encontro}$$

Agora, reflita: considerando o preço de um modelito Donna Karan original hoje em dia, será mesmo que sair com o Dick compensou os US$ 135 a mais por encontro que os gastos com Tom?

Comentários

1. Ao fazer os cálculos do custo médio por encontro, lembre que nenhuma das despesas pode ser deduzida do Imposto de Renda (embora isso fosse o mais justo). Isso quer dizer que é um dinheiro que sai ainda mais caro do que você imagina – um

conceito que eu, pessoalmente, nunca consegui entender muito bem, mas que parece deixar a maior parte dos contadores furiosa.

2. Embora o cálculo do custo médio por encontro seja essencial no mercado da busca amorosa hoje, ele não é o único indicativo a ser levado em conta. Um custo médio por encontro alto demais pode ser contrabalançado por dois fatores:

• Presentes caros. Voltando ao caso acima, por exemplo: se Dick comprou um relógio de ouro para lhe dar de presente de aniversário, você pode jogar todas as tabelas e cálculos pela janela – junto com o Tom.

• Sexo excepcional. Se o cara é bom de cama, ele vale cada centavo investido, e até mais.

Pesquisa e desenvolvimento

O quesito P&D corresponde à quantia investida (também chamada capital de risco) naqueles momentos em que a sua vida social precisa de uma turbinada radical. O investimento pode incluir uma semana num spa de luxo ou, então, uma visita a um analista novo ou um *personal trainer* do amor (veja pág. 48). Em suma, o capital de risco é utilizado para descobrir se existe uma mulher nova e irresistível escondida por baixo da sua personalidade de sempre.

Política de devoluções

Todo encontro pode ser devolvido/recusado, não importando o que o cara em questão tenha dito a você.

Direitos secundários

Toda renda vinda da venda de material relativo ao encontro em questão pertence unicamente ao responsável pela venda.

Conclusões

PONTOS POSITIVOS

a. Sua vida social tem salvação.
b. Você ainda tem bons genes e calcinhas limpas na gaveta.
c. Você é, em última instância, uma pessoa bacana.
d. O seu gato gosta da sua companhia.

PONTOS NEGATIVOS

a. Sua vida social está custando dinheiro demais.
b. Você precisa sair com mais caras.
c. Suas gengivas estão com aquele problema de sangramento.

METAS

a. Aumentar o número de encontros.
b. Reduzir o custo médio por encontro.
c. Casar, ter um bebê e viver feliz para sempre.

PREPARATIVOS PARA A HORA H

Eu só gosto de dois tipos de homens: os nacionais e os importados.
MAE WEST

Eu queria ter mais tempo para cultivar a modéstia... mas vivo ocupada demais pensando em mim mesma.
EDITH SITWELL, *THE OBSERVER,* 1950

Qual é o seu grau de desespero?

Ficar sem sair com ninguém por muito tempo tem o poder de prejudicar seriamente (talvez em caráter permanente) a sua visão da realidade. Pode ser que o seu grau de expectativa com relação a um parceiro em potencial sofra uma queda brusca. Talvez você passe do estado de "esperando conhecer a pessoa certa" ao distúrbio psicótico chamado pelos terapeutas de Síndrome da Desacompanhada e Desesperada (D&D).

O teste compilado a seguir é usado por psicólogos para determinar a tendência de uma paciente em se transformar num caso de D&D sem salvação. Procure responder com o máximo de sinceridade possível.

Teste de Tendência ao D&D (Desacompanhada e Desesperada)

Você conhece um cara lindo na seção de hortifrúti do mercadinho do bairro. Ele lhe pede ajuda para escolher um melão maduro, e você repara que não há sinal de aliança na mão esquerda do bofe.

Ao mesmo tempo em que aperta ou cheira a fruta (dependendo do método que a sua mãe lhe ensinou), você aproveita para perguntar se ele se mudou há pouco para a região.

"Não exatamente", ele responde. "É que eu estive fora por uns anos."

"A trabalho?", você pergunta, enquanto admira a curva bem-delineada dos ombros dele.

"Mais ou menos... Eu estava preso."

"Preso? Numa cadeia?"

"É... eu meio que matei minha esposa."

Qual a sua reação imediata?

a) Largar o melão ali mesmo, gritar por socorro e sair correndo feito doida.

b) Entregar o melão para o ex-presidiário e tentar se afastar discretamente.

c) Piscar uma vez e exclamar: "Ah, então isso quer dizer que agora você está sozinho?".

RESULTADOS

Se você marcou a letra "a", obviamente anda desesperada para chamar a atenção. Ninguém grita e sai correndo entre bancas de hortifrutigranjeiros sem provocar um pequeno caos. Você precisa de umas boas sessões de sexo de qualidade para acalmar os nervos, ou corre o grave risco de se tornar uma vítima da temida Síndrome D&D.

Um caso clássico de D&D muito citado por psiquiatras é o de Daisy Singer, uma pobre criatura que, nos tempos de colégio, foi eleita "a mais cotada para virar suburbana". O distúrbio da moça passou anos sem diagnóstico ou tratamento adequado, até ela preencher uma ficha como candidata à vaga de secretária executiva numa grande empresa.

No quesito *estado civil,* Daisy escreveu: "Não sou casada, mas também não estou entregue às baratas. Nos últimos seis anos eu tenho tido encontros regulares com meu aparelho de TV, ou, como gosto de dizer, 'namorando Sony' (haha!).

Eu vejo Sony quase todas as noites. Ele me faz rir, e nós partilhamos as atualidades do mundo, os amigos e o constrangimento da minha bexiga frouxa. Resumindo, Sony é a minha vida.

Já tive muitos namorados, mas nenhum tão fiel como Sony – nem tão fácil de satisfazer. Eu consigo deixar Sony ligadíssimo com um simples apertar de botão, o que com certeza é bem mais fácil de fazer do que montar uma produção com salto agulha e cinta-liga de couro para conseguir uma transa."

O psicólogo do departamento de Recursos Humanos, ao entrevistar Daisy, pediu que ela explicasse o porquê da sua resposta tão extensa.

"Puxa", ela retrucou, "eu achei que fosse um tema para redação". Felizmente, Daisy encontrou ajuda a tempo. Ela está em tratamento há cinco anos, e hoje já é capaz de sair com um homem sem começar a cantarolar um *jingle* de comercial a cada cinco minutos.

A história edificante de Daisy mostra a todas nós que o diagnóstico precoce ainda é a melhor arma na luta contra a D&D.

Mulheres viciadas em auto-ajuda

É sabido que as candidatas com mais probabilidade de desenvolver D&D são, em geral, mulheres inteligentes e com uma boa bagagem cultural. Interessadas em aprimorar sua qualidade de vida, elas procuram manter-se atualizadas com os lançamentos mais importantes do filão da auto-ajuda. O único problema é que a sua ansiedade exacerbada e o medo de caírem vítimas da D&D muitas vezes levam-nas a se transformar em *auto-ajudólatras.* Também chamado de mal do mecanismo da negação, o distúrbio das *auto-ajudólatras* as deixa completamente obcecadas por livros de psicologia *pop*.

A doença se instala gradativamente, com a compra de um livro de auto-ajuda por mês, e logo passa para dois, três, quatro e assim por diante. Em pouco tempo a paciente não consegue mais sair de casa sem ter um exemplar firmemente agarrado em cada mão.

O processo de cura é complicado; o excesso de leituras distorce a percepção da viciada e a faz pensar que qualquer problema pode ser resolvido, desde que apareça listado no índice.

O quadro de *auto-ajudismo* evolui rapidamente para uma hipocondria *auto-ajudística,* e a paciente começa, então, a incorporar à própria personalidade todos os sintomas descritos na contracapa dos tais livros. É nesse estágio que ela começa também a correr sérios riscos de exagerar nas doses de auto-aperfeiçoamento.

Confira no teste da página ao lado alguns dos principais sintomas desse vício traiçoeiro. Para avaliar o seu próprio grau de suscetibilidade a ele, leia com cuidado a lista de padrões de atitude e marque aqueles com que mais se identificar.

TABELA PARA AUTO-ANÁLISE RÁPIDA

Coluna A	**Coluna B**
Uma mulher que cultiva os 7 hábitos	Uma mulher que tem o poder do pensamento positivo
Uma mulher que ama demais	Uma mulher que encontrou o seu queijo
Uma mulher viciada em sofrimento	Uma mulher que faz amigos e influencia pessoas
Uma mulher que pede e é atendida	Uma mulher que aquece o coração
Uma mulher com 101 pensamentos poderosos	Uma mulher que não faz tempestade em copo d'água

RESULTADO

Se você marcou	**O diagnóstico é**
uma na coluna A ou na B	levemente paranóica
uma na coluna A e uma na B	baixa auto-estima
duas na coluna A e uma na B	medianamente paranóica
duas na coluna A e duas na B	auto-estima? Que auto-estima?
três na coluna A e duas na B	paranóica e depressiva
quatro na A e três na B	já vem com *bagagem* própria
todas as alternativas acima	uma mulher que lê demais

Se você nem sequer conseguiu entender as afirmativas listadas nas duas colunas, isso prova que já passou tempo demais lendo livros de auto-ajuda e pensando no que há de errado com as suas atitudes. Sua mente já deve ter sido irreversivelmente corrompida pelo *talk-show* do dr. Phil e por aquelas conselheiras chatas dos programas que passam à tarde na TV.

De qualquer maneira, o fato é que é mesmo muito difícil ser solteira neste nosso mundo dominado pela auto-ajuda. Você vira presa fácil da *psicobaboseira* dos supostos especialistas que escrevem livros sobre o comportamento feminino. Você tende a se sentir confusa e a buscar cada vez mais uma resposta fácil. Você se chateia porque nenhum dos livros efetivamente consegue mudar a sua vida. Você fica arrasada porque não arrumou companhia para ir ao casamento da sua prima Debbie.

Para resumir de maneira bem simples, você passa a sofrer do que o psicólogo Daniel Killjoy[8] chama de "Dilema Totó".

Nas palavras do próprio dr. Killjoy: "O Dilema Totó ocorre quando as mulheres deixam que homens – em especial escritores bonitões como eu – as tratem feito cachorros. Se um sujeito atraente assim vai a um desses programas de entrevistas na TV, ele só precisa dizer 'Pega!' que todas as telespectadoras correm para as livrarias para comprar seu mais novo livro. As mulheres de hoje em dia estão correndo o sério risco de transformar auto-ajuda em autodestruição. E foi por isso mesmo que eu lancei o meu livro, para lucrar à custa dessa situação."

Ao contrário de todos os clássicos do gênero citados na tabela de diagnóstico acima, o livro do dr. Killjoy *O Dilema Totó – Escritores que Tratam Você Feito Cachorro!* não promete revelar o segredo para você atingir a paz interior. Aliás, o psicólogo duvida da existência de uma *paz interior*. Logo na abertura ele cita a filósofa e *guru* do mundo da moda Fran Lebowitz, com a frase: "Paz interior não existe; só há nervosismo e morte".

A tese do dr. Killjoy também diverge radicalmente de outros títulos conhecidos da auto-ajuda por não dar grande ênfase ao papel da auto-estima. "A auto-estima virou o iPod da psicologia *pop*: todo mundo tem que ter. E por quê, eu me pergunto?", diz ele logo no primeiro capítulo, cujo título é *Eu me divorciaria se pudesse*. "Você só precisa de três coisas básicas para melhorar a sua vida: 1) um bom cabeleireiro especialista em tinturas; 2) um banheiro de visitas e 3) pelo menos um eletrodoméstico que produza movimento vibratório."

---

[8] *N. da T.: Daniel Estraga-Prazeres.*

O dr. Killjoy recomenda, ainda, que você pare imediatamente de ler qualquer outro título de auto-ajuda e se concentre exclusivamente no livro dele. "A cidadezinha de interior bucólica da sua infância é coisa do passado", diz o doutor. "Trate de se preparar para entrar com tudo no mercado do amor."

O Dilema Totó está cheio de conselhos bem práticos para se dar bem num encontro. Dr. Killjoy recomenda que você deixe de lado as considerações materialistas e seja mais objetiva quando sair com um homem pela primeira vez. "Lembre que não é a quantia que ele gasta com você que conta em última instância, mas a marca do carro que ele dirige." Os conselhos são para que você evite estragar o primeiro encontro se mantendo focada demais no futuro e tente não ficar tão preocupada com estabilidade e segurança. "Ninguém é dono de ninguém, embora às vezes exista a opção de conseguir um aluguel com prioridade para a compra."

Com *O Dilema Totó* você vai enfim sair da casinha de cachorro, aprendendo coisas fundamentais, tais como:

- Onde ficam as suas zonas erógenas extras e se você precisa pagar pedágio para chegar lá.
- Por que quando você é boa, é boa mesmo, mas quando é malvada acaba saindo com mais homens.
- Como fingir-se de morta e dar a patinha, e 167 outras maneiras de dizer "eu te amo".
- Por que os dois signos do zodíaco mais compatíveis com o seu são Raro e Jamais.

"Nunca mais pegue leve numa noite de sábado", conclui o dr. Killjoy. "Com *O Dilema Totó,* você vai se unir as centenas de mulheres que já levam suas vidas movidas por um desespero retumbante."

Está na hora de contratar ajuda profissional?

Como se já não existissem novas linhas de terapia suficientes pipocando todos os dias, muitos profissionais começaram a se especializar em práticas voltadas exclusivamente para os problemas dos corações solitários. Por US$ 140 a hora você pode achar alguém em Nova York capaz de, supostamente, lhe dar o empurrãozinho que falta para a sua vida sentimental engrenar de vez.

Beverly Grossman, uma assistente social de 39 anos de Saint Paul, Minnesota, acaba de abrir uma mistura de clínica de atendimento a solteiros e *laundromat* na sua cidade, batizada de "Lava e Rola". "Eu gosto de iniciar as sessões durante a pré-lavagem e encerrá-las na altura do primeiro enxágüe", diz Beverly, uma morena bonita que gosta de usar ponchos e botas de caubói. "Mas às vezes elas têm que seguir centrifugação adentro."

Grossman só oferece aconselhamento a pessoas (na maioria mulheres, obviamente) que estão realmente buscando sua cara-metade, e elas precisam se comprometer a seguir o tratamento por sete meses (esse período só pode ser abreviado caso a cliente encontre um parceiro que Beverly considere adequado). As clientes devem passar uma hora por semana em atendimento (durante a qual são encorajadas a levar também sua roupa suja), passar pelo menos 22 horas "à caça" e sair com pelo menos um sujeito. "Flertar é como andar na esteira", diz ela, em defesa do seu extenuante programa, "se você não pratica todos os dias, acaba abandonando de vez o hábito".

Durante as sessões, a idéia é conseguir romper velhos condicionamentos nocivos, analisar detalhadamente o encontro da semana e criar estratégias para *turbinar* a vida social da cliente. "Eu mando as ninfomaníacas pegarem mais leve e as pudicas ousarem mais. Aconselho às procrastinadoras que parem de adiar as coisas e às muito incisivas que vão com menos sede ao pote. Todos acham que o meu trabalho é difícil, mas a verdade é que ele é espantosamente simples. Não conte isso a ninguém, mas qualquer idiota pode ser um *personal trainer* do amor."

Grossman defende as vantagens do namoro virtual, e, mediante uma taxa adicional, pode revisar e aprimorar os e-mails das clientes. "Trata-se de um adicional que me consome tempo demais, o qual, portanto, só é oferecido a clientes especiais", a profissional explica, "mas, como cobro meu atendimento por hora, não me importo de cuidar dessa parte também".

Como qualquer terapeuta, Beverly disponibiliza seu número de telefone para clientes mais necessitadas. E pude constatar que seu celular não pára de tocar, com moças querendo lhe contar todos os detalhes de cada instante em que estiveram com seus pretendentes. "É como ter uma grande amiga do outro lado da linha", diz Nancy Miller, cliente fiel da Lava e Rola, "mas a vantagem é que quando converso com a Bev eu posso só falar de mim o tempo todo".

Aprendendo a ser flexível – pausa para um aparte pessoal

Antes de passarmos às técnicas para conseguir fisgar um pretendente e engrenar o namoro, quero contar um caso pessoal sobre a arte de saber ser flexível.

Notem que esta que vos fala foi uma mulher criada para acreditar que jamais deveria se contentar com nada menos do que o seu ideal. Minha mãe costumava dizer que há muitos peixes nesse mar, e que em algum lugar eu ia acabar encontrando o príncipe encantado dos meus sonhos.

Antes de qualquer coisa, é preciso levar em conta as diferenças fundamentais entre a maneira como as coisas funcionavam na época dela e atualmente. Nos tempos da minha mãe, por exemplo, seria chocante ouvir um homem dizer algo como: "Francamente, minha querida, eu estou me lixando", quando hoje o surpreendente é você sair com um cara que não acabe soltando essa pérola em algum momento.

Mas ainda assim eu tinha os meus padrões de excelência – e, claro, era jovem bastante para acreditar que minha mãe sabia o que estava dizendo ao afirmar que sempre há "um chinelo velho para um pé cansado".

Como conseqüência disso, com o passar dos anos fui criando e lapidando uma longa lista com todas as qualidades que desejava num companheiro. O meu "chinelo" ideal teria que ser alto, moreno e (obviamente) bonito; rico, famoso e bem-sucedido;

atencioso, romântico e sensível, além de gentil e de bem com a vida. Ele deveria ser um tipo atlético e que tratasse bem os animais, os familiares e a mim. Teria que amar crianças, o meu sorriso esquisito e longas caminhadas à beira-mar. Era essencial saber dançar bem – ou, quem sabe, ser mesmo um pé-de-valsa nato, e ter bom gosto para se vestir. E, claro, nenhuma parte do corpo dessa pessoa poderia exalar odores desagradáveis.

O possível pretendente seria descartado na hora se gostasse de qualquer esporte de contato, mas eu considerava justo tolerar uma partidinha ocasional de futebol com os amigos nas tardes de domingo – desde que não atrapalhasse as visitas de fim de semana à casa da minha mãe.

Se você agüentou ler a lista até aqui, talvez não fique surpresa ao saber que eu não me casei até hoje.

Bem, mas os tempos mudaram.

Eu fiquei mais velha. Bem mais velha. E tive que acabar reconhecendo que talvez estivesse sendo um pouquinho exigente demais. Depois de muitos anos e US$ 26 mil investidos em terapia, hoje sou uma mulher mais realista.

Minha lista de exigências sofreu uma edição básica. Hoje eu procuro um homem que tenha emprego estável e não seja portador de doenças contagiosas. Aliás, para ser franca, se ele estiver com problemas para pagar suas contas eu acho que posso relevar esse quesito. Provavelmente, sendo uma profissional bem-sucedida, eu teria como sustentar a nós dois. Quanto a doenças, entretanto, não há como fazer concessões (ou pelo menos eu acho que não).

Não, eu estava exagerando. Não é verdade que tenha abandonado *todas* as exigências. Eu ainda insisto em dois quesitos: não saio com homem que use mais jóias do que eu, e jamais vou para a cama com algum sujeito que me chame de "fofinha". Tirando isso, acho que o resto é negociável.

Certa vez Oprah Winfrey declarou à revista *People,* quando perguntada sobre o amor, que paraíso, para ela, era uma batata assada bem grandona e poder ter alguém com quem dividi-la. Reparem que ela põe a batata em primeiro lugar. Não é à toa que todas nós amamos a Oprah.

Quando o assunto são homens e encontros, você vai acabar vendo que tem mais a aprender com Sophie Tucker que com a sua própria mãe. A grande comediante costumava dizer que "do nascimento até os 18 anos, uma garota precisa de bons pais; dos 18 aos 35, de boa aparência; dos 35 ao 55, de bom humor; e dos 55 em diante, ela precisa ter dinheiro".

Essa Sophie Tucker era mesmo uma moça centrada. Quem dera eu soubesse o nome do analista dela.

25 respostas para calar a boca de quem insiste em perguntar "por que você não se casou ainda?"

1. "Porque você não pediu minha mão."
2. "O Johnny Depp já é comprometido."
3. "O quê? E estragar a minha vida sexual fantástica?"
4. "Eu fico horrível de branco."
5. "Porque eu amo ouvir essa pergunta."
6. "Porque eu tenho sorte, oras."
7. "Para dar à minha mãe uma razão para continuar viva."
8. "Meu noivo está só esperando sair a liberdade condicional."
9. "Eu ainda quero tentar ganhar o concurso de Miss."
10. "Você faz idéia de como é difícil arrumar *dois* ingressos para os melhores musicais da Broadway?"
11. "Resolvi deixar para quando tiver a sua idade."
12. "Porque não valia o esforço de fazer o exame de sangue."
13. "Eu não preciso do dobro de roupa suja, obrigada."
14. "Porque acabaria com o frio na barriga das saídas de sábado à noite."
15. "O estatuto do meu condomínio proíbe maridos nos apartamentos."
16. "Porque eu teria que abrir mão da minha pensão astronômica."
17. "Acabou de abrir um bar de solteiros fantástico a uma quadra da minha casa."

18. "Eu não quero ver meus pais morrerem fulminados de tanta felicidade."

19. "Para você ver, não dá mesmo para confiar nesses *trabalhos* de macumba..."

20. "O quê? E perder meu cadastro de sócia vitalícia do eHarmony[9]?"

21. "Nós estamos loucos para casar, mas a esposa do meu namorado não aprova a idéia."

22. "Eu não quero ter mais uma boca para sustentar em casa."

23. "Por que você não emagreceu ainda?"

24. "Eu escolhi casar com a minha carreira – embora nos últimos tempos a gente ande à beira do divórcio."

25. *Especial para as mães solteiras:* "Porque ter marido e filho seria uma coisa meio redundante."

[9] *N. da T.:* site *de encontros.*

COMO CONSEGUIR COMPANHIA

Aquela que hesita não só está perdida,
mas a quilômetros de achar a saída.
AUTORIA DESCONHECIDA

Um novo começo é algo ilusório, mas uma ilusão necessária.
HELEN ROWLAND, *A GUIDE TO MEN*, 1922

Lugares onde conhecer homens

Não é preciso ser um gênio para saber que antes de começar a sair com alguém você precisa conhecer a pessoa. "Conhecer a pessoa", aliás, é o primeiro e mais crucial passo de todo o processo.

Antigamente, as coisas eram bem mais fáceis, tanto para os homens quanto para as mulheres. Quando os jovens chegavam à idade de começar a namorar, os pais procuravam o casamenteiro da comunidade, que combinava tudo para o primeiro encontro (mas o esquema só dava tão certo porque ninguém tinha correio de voz naquela época).

A finalidade dos tais encontros arranjados era o casamento, e, desde que houvesse um bom dote na história, a maioria das mulheres conseguia realmente sair casada ou, pelo menos, com a promessa de um segundo encontro. Não parecia um esquema nada ruim, se vocês querem saber a minha opinião.

A função do casamenteiro perdeu prestígio na nossa sociedade de hoje – principalmente por causa de *remakes* medíocres de *Um Violinista no Telhado* –, e as solteiras não têm mais a opção de recorrer a eles. O que é uma pena, principalmente para aquelas com contas bancárias polpudas, que costumavam ter atendimento preferencial. Mas, como se diz por aí, não adianta chorar o leite derramado. Esses dias de vida fácil terminaram, e agora nós temos que batalhar para conseguir o que queremos.

E, verdade seja dita, conhecer homens não é fácil, porque não é nada fácil saber onde eles se escondem, em primeiro lugar. Portanto, se você procurar nos lugares certos já vai ser meio caminho andado.

Bares

Logicamente, o local mais óbvio é o bar na esquina de casa. Ninguém precisa assistir aos comerciais de cerveja para saber que todo homem adora beber. Mas você pode aumentar substancialmente as suas chances de conhecer um deles assim se souber em que horário *dar o bote.* Dê uma olhada no caderno de esportes do jornal e confira os horários dos principais jogos, corridas ou campeonatos transmitidos pela TV. Se você não entende muito de esportes (qual é a mulher solteira que entende ou se importa com isso?), não se desespere: é só procurar os que tenham as palavras *clássico, final* ou *campeonato.* Às vezes elas podem vir acompanhadas de adjetivos, *grande clássico*, ou reunidas em expressões: *final do campeonato.* Fique atenta: quanto mais adjetivos, mais chance de atrair o público masculino.

Para não jogar sua estratégia por água abaixo, lembre-se de escolher um bar que tenha TV ou telão. O número de polegadas da tela, aliás, em geral é proporcional à lotação das mesas (quanto maior ela for, mais homens por metro quadrado haverá). Se você estiver em Nova York, um passeio pelo circuito de bares da região de Madison Square Garden na época do campeonato de boxe pode lhe garantir uma agenda social animadíssima por um mês inteiro.

Procure chegar ao local escolhido horas antes do início da transmissão, para conseguir um lugar estratégico no balcão. Assim, se ninguém a convidar para sair, você pelo menos vai conseguir um dinheiro extra vendendo o assento na hora em que resolver ir embora.

Reuniões de Condomínio

Se você tem interesse em conhecer homens que sejam proprietários do imóvel onde vivem (e quem não tem?), há sempre a opção de freqüentar todas as reuniões de condomínio a que conseguir comparecer – desde que não sejam as do seu próprio prédio. Sair com um vizinho não é nada prático, porque você nunca mais vai conseguir descer até a lavanderia sem querer se maquiar e caprichar no desodorante antes. Para que complicar a rotina desse jeito? Não, só vá às reuniões de condomínio de outros prédios. Peça às suas amigas que convidem você para as assembléias anuais (e lembre-se de retribuir o favor).

Se elas alegarem que as tais reuniões são "restritas aos moradores", fique alerta: esse é um sinal de que elas querem lucrar sozinhas à custa desses eventos sociais, e o melhor que você tem a fazer é encontrar amigas que sejam mais generosas. Se um prédio em especial lhe parecer interessante, você pode descobrir a data das reuniões xeretando o quadro de avisos da portaria ou oferecendo *um agradinho* ao porteiro (e converse com seu contador sobre essas "gorjetas", porque elas em geral podem ser deduzidas do IR).

Se você não é proprietária, deve empenhar-se mais ainda para fisgar um sujeito que seja. Afinal, como sua mãe diria, se você pode se apaixonar por um ou por outro, que seja pelo que não precisa pagar aluguel.

Reencontros de Turmas Antigas

Descobri que festas de reencontro de velhas turmas de colégio são lugares excelentes para encontrar pretendentes em potencial. Em geral, só comparecem a esses eventos os ex-colegas que alcançaram um relativo sucesso na vida e que estão atrás de companhia. Mas atenção, siga a mesma regra das reuniões de condomínio: só vale ir a reuniões de turmas dos outros. Na festa dos 20 anos da sua própria formatura na escola você só vai ter a chance de comprovar o que a falta de homens no mercado é capaz de fazer, ao constatar que aqueles garotos asquerosos para quem você nem olhava na oitava série hoje em dia podem se dar ao luxo de esnobar a sua companhia. E acredite, seria deprimente demais passar por uma experiência dessas.

E essa não foi a única lição que eu tive que engolir ao fazer a bobagem de ir ao reencontro da minha própria turma. Eu saí do salão achando que tinha me divertido e tudo, até contar os detalhes da festa na sessão seguinte com o dr. Yesandno[10], meu analista na época. Hoje eu admito que cheguei ao consultório me achando mesmo o máximo, comentando como estava óbvio que eu era a mais bem-sucedida entre todos os meus ex-colegas. "Imagine que a maioria ainda trabalha lá", eu zombei. "Ninguém nunca sequer pôs os pés fora de Nova Jersey!"

O doutor deu de ombros. "Vai ver que eles estavam felizes lá e não sentiam necessidade de fugir."

Felizes? No colégio? Em Nova Jersey? Essa idéia nem tinha me passado pela cabeça, e acabou me deixando tão deprimida que eu tive de passar a análise para três sessões por semana durante vários anos depois desse episódio fatídico.

Casas de Apostas

Se você não for muito exigente, pode tentar uma casa de apostas ou mesmo o jóquei clube da cidade. A chance de *fazer uma fezinha* atrai os homens como abelhas para o mel, e se – como eu disse – você não tiver grandes restrições quanto ao tipo de inseto com que pretende sair, as casas de apostas são bons lugares para a sua *caça.*

Outros locais do mesmo tipo, como cassinos, também costumam ser excelentes para conseguir companhia masculina. Certa vez, numa mesa de carteado em Porto Rico, eu conheci um jovem estudante de um seminário rabínico que rendeu seis meses de namoro depois que voltamos para Nova York. Eu sei que parece piada, mas o caso aconteceu de verdade. Era um sujeito legal, mas eu fui obrigada a terminar tudo depois que ele confessou que não conseguia abrir mão do hábito de freqüentar as casas de massagem da Times Square regularmente. Às vezes até hoje eu me pego pensando se ele chegou mesmo a terminar os estudos e se tornar rabino.

---

[10] *N. da T.:* Doutor Simenão.

O Oleoduto

Se você tem disponibilidade para viajar (ou se está superdesesperada), o melhor lugar do mundo para conhecer homens disponíveis é o oleoduto do Alasca. Eu ouvi dizer que a travessia da tundra congelada vale a pena para qualquer mulher que queira ter na pele a sensação de ser uma Angelina Jolie.

Delegacias e Quartéis do Corpo de Bombeiros

Dar um jeito de ser presa é uma boa maneira de travar contato com um policial bonitão. E lembre também que os policiais, assim como os bombeiros, costumam atender a chamados em domicílio. Um incêndio de pequeno porte ou uma tentativa de assalto imaginária podem deixar a sua sala cheia de sujeitos musculosos de uniforme rapidamente.

Eu quase desmaiei quando minha vizinha conseguiu atear fogo à própria cozinha e uma dúzia de bombeiros lindos carregou seu equipamento no edifício, 11 andares acima. Ver todos aqueles sujeitos suados, com os rostos vermelhos, tão jovens e bonitos, quase foi demais para o meu pobre coração, mesmo no meio da fumaça que tomava conta do corredor. Eles queriam que eu deixasse o local, mas eu insisti em ficar por ali, para o caso de alguém precisar de respiração boca-a-boca.

Pronto-socorro

Planeje com cuidado uma *overdose*, deixando tudo combinado com uma amiga para que ela apareça em seu resgate não mais do que sete segundos depois da ingestão da droga escolhida. Na ambulância, ou já no hospital, distribua seu cartão de visitas para todos os médicos, enfermeiros e outros profissionais que pareçam interessantes.

Mundo Virtual

Nenhum debate sério sobre encontros amorosos nos anos 2000 pode estar completo sem que se fale do namoro via internet, uma parada obrigatória na supervia da informação. Se nós vivemos numa sociedade que usa o computador para viabilizar qualquer coisa, por que não viabilizar a sua vida amorosa por meio dele?

Caso você tenha passado os últimos cinco anos isolada em alguma caverna, namoro virtual é o processo por meio do qual você acessa um *site* de relacionamentos na internet, faz um cadastro escrevendo todo tipo de mentira sobre si mesma, inclui uma foto de dez anos e 15 quilos atrás e espera para receber respostas de homens que criaram versões *photoshopadas* deles mesmos e de suas vidas.

E o mais louco é que às vezes o esquema dá certo. Um primo meu conheceu a atual esposa *on-line*, e eu conheço dois outros casais que estão namorando sério e também se conheceram via internet. Ainda assim, não consigo deixar de achar o processo todo muito bizarro. O que aconteceu com aquele momento de frio na barriga, quando você cruza o olhar com o do cara numa sala lotada? O que tem de romântico na idéia de receber um e-mail de um desconhecido? A gente já não recebe mensagens suficientes de desconhecidos oferecendo serviços para limpar o seu nome na praça, medicamentos de venda controlada e maneiras infalíveis de "aumentar o seu pênis"?

Mas é claro que, como todo mundo, eu já tentei a sorte nos *sites* de relacionamento algumas vezes. E só posso dizer que o resultado não foi tão maravilhoso quanto o que o meu primo conseguiu. Na primeira vez, marquei de encontrar um sujeito para um *brunch* e foi difícil saber qual dos dois estava querendo ir embora do restaurante mais depressa. Depois fui tomar um drinque com outro cara, e até que rolou um clima. Quando nos despedimos, ele ficou de me ligar, e eu continuo esperando até hoje (isso foi 13 meses atrás). Eu decidi que vou dar mais seis meses de prazo, e, se nada acontecer, estará tudo acabado entre nós. Para sempre. Tudo bem, que sejam sete meses... mas depois eu mando o cara passear.

Serviços de *Speedy Dating*

Como a leitura dinâmica, o conceito de *Speedy Dating* foi inventado para aumentar a quantidade e fazer despencar a qualidade na sua vida amorosa. Trata-se de um processo pelo qual você não tem apenas um, mas cerca de 30 ou 40 miniencontros numa única noite. Existem várias empresas que cadastram interessadas e organizam festas com três horas de duração e até 35 encontros de três minutos ou, para as que preferem relações mais profundas, festas de duas horas promovendo encontros de dez minutos de duração com oito a dez parceiros. O *Speedy Dating* se parece muito com a moda das orgias dos anos 1970 – só que sem o sexo, obviamente.

A expressão *Speedy Dating* foi criada e patenteada por uma rede internacional de educação *amish*, mas logo foi roubada por diversas outras empresas que criaram serviços idênticos rebatizados com nomes como Rapidinhos, Encontros Miojo, Encontros de 3 Minutos, Encontros de 4 Minutos, Encontros de 4 Minutos e 30 Segundos, Encontros de 5 Minutos, e... bem, você já entendeu a idéia.

A grande vantagem do *Speedy Dating* é que você sai de casa com a garantia de encontrar mais homens numa noite do que provavelmente encontraria num ano inteiro. E sem precisar trocar de meia-calça entre um e outro! O sistema é bom também porque evita que você tenha que aturar por um jantar inteiro um sujeito que não teria coragem de apresentar como namorado nem para o adestrador do seu cachorro.

Na prática, a coisa funciona assim: você vai a um restaurante fechado pela empresa, onde as mesas estão numeradas e com um pretendente em potencial já sentado em cada uma delas. Alguém toca uma sineta e... oba! É hora da ação. Você se senta à primeira mesa, conversa uns minutinhos, e quando ouve a sineta de novo precisa trocar de mesa e partir para o encontro seguinte.

Antes de começar, você ganha uma cartela, e depois de cada "encontro-miojo" deve marcar se ficou interessada no sujeito da mesa 21 (assinale SIM) ou não (assinale NÃO), e assim sucessivamente. Ao fim da noite, a cartela é devolvida e os resultados são computados pela agência. Dias mais tarde, você recebe a resposta informando se alguma das suas respostas SIM bateu com a do sujeito correspondente. O melhor jeito de aumentar as suas chances de sucesso, claro, é marcar SIM para todas as mesas por onde você passar (o único problema é que talvez a pessoa que vá computar os resultados das cartelas duvide da sua seriedade se você fizer isso).

Algumas mulheres que resolvem experimentar o sistema ficam em dúvida a respeito do que vestir na grande noite. Na minha opinião, o ideal é um *tailleur* ou vestido e um par de sapatos confortáveis – um pouquinho de batom também não faz mal a ninguém. Maiôs, tanguinhas de couro, coleiras, lamê dourado e camisolas colantes não costumam fazer muito sucesso em ocasiões assim.

E qual deve ser o assunto da miniconversa? Bem, você pode falar sobre qualquer coisa, *desde que não seja* sexo, política, religião, a sua mãe, a mãe dele, esportes, questões de família, comida, pendengas na justiça, música, assuntos ligados a saúde, Arqueologia, o que você usou no seu baile de formatura, os *reality shows* da TV, suas fobias ou taras, cinema, os problemas no trabalho, a sua manicure, o Oriente Médio, o quanto você já bebeu, marcenaria, ex-namorados, namorados atuais, a mosca tsé-tsé, o seu peso, as coisas que você queria ser quando crescesse quando estava na terceira série, o Mel Gibson, o que você fez no verão passado, a Britney Spears, o valor absurdo das multas de trânsito hoje em dia, quando você começou a (e/ou parou de) menstruar, quanto você paga de aluguel, Ioga, o clima, o que você gosta de comer de manhã, remédios de tarja preta, onde você fez o Ensino Médio, seu estado civil, o saldo do seu programa de milhagem, estrias, as suas idéias para dar uma melhorada na decoração do lugar escolhido pela agência de *Speedy Dating*, alergias, as suas senhas do banco, o O. J. Simpson, aquela loira que teve o braço devorado por um tubarão, seus bichos de estimação, a Suíça, onde você comprou a sua roupa, as Olimpíadas, o David Letterman, o seu nome, seu endereço, o número do seu Seguro Social ou, ainda, para encerrar, quanto você paga pelo seguro do seu carro. Tirando esses assuntos delicados, o céu é o limite.

Talvez possa parecer que três minutos não são o bastante para decidir se você gostaria ou não de se encontrar com a pessoa outras vezes, mas isso é só impressão. Qualquer mulher firmemente determinada a se casar sabe que três minutos são mais que suficientes para avaliar como o seu pretendente a pretendente vai ficar envergando uma casaca e caminhando ao seu encontro no altar.

Outros

Sessões de terapia de grupo e o tribunal de falências são bons locais para conhecer homens desesperados (ou seja, vulneráveis a uma investida). Você pode também se apresentar como jurada voluntária; assim, vai estar cumprindo seu dever cívico e – o mais importante – aumentando suas chances de conhecer homens tão desesperadamente entediados que vão topar qualquer proposta que lhes for feita.

Outros lugares bons para conhecer homens são bares de sinuca, canteiros de obras, instituições militares, campos de golfe, reuniões de escoteiros (se você gosta de caras mais novos), locadoras de filme pornô, bancos de doação de esperma, saunas, presídios, estádios de esporte e a seção masculina da Bloomingdale's, se ainda lhe restar energia.

Se você não se anima muito com a idéia de ter que sair e achar um homem sozinha, existe uma outra opção – e ela nos leva ao tópico sobre os horrores dos encontros às escuras.

A mulher que confundiu o sujeito com quem teve um encontro às escuras com um marido em potencial

Todo mundo sabe que a melhor política é nunca esperar grandes milagres da vida. "Eu nunca quis ser rica", dizia Kate (viúva de Zero Mostel), "só queria ter dinheiro suficiente para mandar reformar o sofá".

Mesmo assim, sempre que alguém lhe arruma um encontro às escuras, fica difícil não montar na cabeça alguma variação da seguinte fantasia:

Toca a campainha. Você se afasta da penteadeira, dá uma última olhada no espelho e faz um aceno de cabeça, aprovando o visual. Você abre a porta.

Ele enfim chegou, mas você mal consegue avistar o rosto no meio das dúzias de rosas amarelas enormes do buquê que traz na mão. "São para você", diz.

Ele é incrivelmente alto e se parece com uma mistura de George Clooney com Jon Stewart e o garoto por quem você foi apaixonada na sexta série.

O sorriso revela um certo ar de vulnerabilidade, uma fileira de dentes impecáveis e uma covinha fofa na bochecha esquerda. O moço fica sem voz diante da sua beleza estonteante e se apaixona na mesma hora.

Na manhã seguinte você descobre que ele é um neurocirurgião/advogado criminalista/arquiteto milionário e que gosta de pilotar pessoalmente o seu jatinho particular, de praticar alpinismo e de se dedicar ao cuidado de criancinhas doentes nas horas vagas, que adora sair para jantar e que mora de frente para o mar.

Essa é a versão habitual do encontro às escuras de sonho – e costuma ser a que se mostra mais distante da realidade. O encontro às escuras é a prova cabal de que a verdade pode ser mesmo mais estranha que a ficção. Os fatos falam por si:

Um desconhecido liga para sua casa. Vocês passam alguns minutos de total constrangimento enquanto tentam conversar, fingindo o tempo todo que está sendo superagradável. Ele a convida para ir ao cinema ver um filme que não lhe interessa em nada. Você passa o tempo todo até o dia do encontro preocupada pensando no que vai vestir, em como será que ele é ao vivo e se vocês vão ter algum assunto em comum.

Lá no fundo você já sabe que vai dar tudo errado e que o encontro vai ser um pesadelo. E mesmo assim quase tem um ataque de ansiedade se o cabelo resolve ficar armado justo perto da hora de ele aparecer para buscá-la.

A tendência, nesse estágio inicial da ansiedade, é você xingar a amiga ou parente que passou o seu telefone para o tal sujeito. Tente não odiar essa pessoa. Lembre que quem arruma encontros às escuras para amigas ou parentes faz isso com a melhor das intenções, de verdade. Tente manter isso em mente, porque a verdade é que nunca vai dar para acreditar na descrição que essa pessoa fizer do sujeito em questão.

Se você ouvir, por exemplo, que ele parece um ator de cinema, pode ser que tenham se esquecido de dizer que é com um ator como o Steve Buscemi. Se disserem que é um partidão, pode ser que o advogado da ex-mulher dele esteja prestes a partir para a ignorância para conseguir que ele pague a pensão em dia. Se ouvir que é o homem que você pediu a Deus, considere que pode ter havido uma tremenda linha cruzada no dia em que você resolveu ligar para o céu e fazer o pedido; e muitas vezes "um sujeito à moda antiga" refere-se puramente às roupas do rapaz.

Mas e daí? Você é uma mulher solteira, e se o seu telefone não pára de tocar um minuto é só porque a sua mãe insiste em ligar o tempo todo. Aliás, é sabido que os piores encontros às escuras que podem existir, os que chegam ao nível do pesadelo mesmo, são os arranjados pelas mães. Não importa se o cara é promotor, gênio, escritor de prestígio ou atleta olímpico: se foi arrumado pela sua mãe, pode ter certeza de que é um pateta.

Mesmo assim, se você não quiser deixar passar nenhuma oportunidade, provavelmente vai começar a aceitar tudo o que lhe arranjarem. Até o momento em que o seu *eu mais profundo* começar a se rebelar:

Sua prima liga avisando que conseguiu marcar uma saída com o irmão do contador dela, mas você dá uma desculpa qualquer e fica em casa assistindo ao *Survivor.* A sua melhor amiga conhece um cara maravilhoso e você simplesmente se esquece de perguntar se ele tem algum amigo solteiro.

Desse estágio em diante, provavelmente você vai chegar à conclusão de que esse negócio de encontro às escuras não é a sua praia, e vai começar a considerar duas outras opções: o celibato ou os encontros terceirizados.

Uma alternativa para os encontros às escuras: encontros terceirizados

Até bem recentemente (16 de março de 1999, para ser mais exata), não restavam às solteiras muitas alternativas para fugir dos encontros às escuras, uma tortura que você tinha que suportar para garantir a si mesma que fazia todo o possível para movimentar a sua vida social.

Mas, como todas nós sabemos, esse panorama mudou com o advento dos encontros terceirizados.

A prática de terceirizar um encontro, ou seja, de contratar uma substituta para sair com um sujeito no seu lugar, foi inventada sem querer por Mindy Wonger, uma estenógrafa de 39 anos de Pasadena, Califórnia. Mindy, solteira e logo arrependida, certo dia atendeu o telefone e acabou aceitando ir encontrar-se com Dave, um conhecido do seu padrinho no Al-Anon.

Assim que desligou, Mindy se deu conta de que preferiria caminhar descalça sobre cacos de vidro a ter que ir a mais um encontro às escuras na vida. Mesmo assim, ficou com medo de cancelar tudo com Dave. Fora as reuniões do Al-Anon todas as noites, já fazia três meses que ela não saía com ninguém. E Mindy, como todas as solteiras, sabia muito bem que as oportunidades costumam ficar mais raras depois que você se encaixa no rótulo de Mulher Que Nunca Aprendeu as Regras.

Esperta, a moça solucionou seu dilema contratando Carla, com quem dividia o apartamento, para sair com Dave em seu lugar. Em troca da promessa de ficar livre de ter que fazer faxina no banheiro por duas semanas, Carla aceitou fingir que era Mindy e ir encontrar-se com o rapaz. Ela apareceu usando peruca e um macacão Dolce & Gabbana da amiga, depois de fazer uma promessa solene de não se apaixonar e de devolver Dave a Mindy caso ele aparentasse ser um bom marido em potencial.

E assim foi feito o primeiro contrato de terceirização de encontros da história.

Hoje em dia o processo é um pouco mais complexo, já que nem todo mundo divide o apartamento com uma amiga que fica bem de Dolce & Gabbana. Já surgiram agências especializadas em apresentar substitutas profissionais a clientes interessadas, como a Melhor Só a Original, de Atlanta. A cliente pode escolher uma substituta com a mesma cor de cabelo e tipo físico. A Igualzinha a Você, de Jacksonville, na Flórida, vai além e organiza o seu cadastro de profissionais em nove tipos básicos de personalidade. Assim as clientes podem escolher com qual deles se identificam mais e selecionar a sua substituta em uma das categorias disponíveis: Princesa, *Workaholic*, *Hippie*, Com Um Pé No Vício, *Punk*, *Sex Symbol*, Não Sai da Concha, Artista ou Adaptável a Tudo o Que Ele Quiser.

Os honorários podem chegar a até 2 mil dólares, principalmente quando o encontro foi arranjado pelos pais de uma das partes envolvidas. E, como há dinheiro na jogada agora, também é comum que se assine um contrato por escrito formalizando a transação.

As cláusulas definem taxas adicionais para eventualidades tais como recontratar a mesma substituta para a primeira briga do casal ou para a primeira conversa "totalmente sincera" sobre a sua vida sexual – o que quer que aconteça primeiro.

A moda da terceirização reduziu drasticamente o número de encontros às escuras e, até bem pouco tempo atrás, era considerada uma bênção pelas solteiras *na ativa*. No fim de 1999, o Club Med chegou a lançar o Club do Substituto na Ilha de St.

Luigi, para onde rapazes e moças tímidos demais para viajar sozinhos podiam enviar substitutos especialmente contratados, enquanto continuavam em casa tranqüilos assistindo à televisão. A revista *People* entrevistou cinco substitutas profissionais para sua edição de 23 de setembro de 1999, e ainda no mesmo ano Candace Bushnell publicou um romance badaladésimo sobre a cena da terceirização de encontros em Nova York. E em janeiro de 2000, saiu um episódio de *Friends* em que o Ross ia encontrar a substituta de uma garota.

Mas depois disso a *bolha* estourou de uma hora para outra, com a batalha judicial que se tornou lendária entre Mary Beth Whiteface e Elysse Sterp, o famoso caso Sterp x Whiteface.

Tudo começou em abril de 2000, quando Mary Beth Whiteface foi contratada por Elysse Sterp para sair com Marvin Slavin, sobrinho da parceira de carteado da mãe da srta. Sterp. A transação envolveria o pagamento de uma taxa especial a Mary Beth, porque além de envolver a mãe da srta. Sterp o encontro tinha a ver com a sua parceira de carteado, que também vinha a ser uma prima de segundo grau e fofoqueira de marca maior.

Embora Mary Beth tenha alegado que só aceitou bancar a substituta porque ficou com pena da solitária Elysse, os advogados da srta. Sterp alegam que não pode ter sido mera coincidência o fato de em março de 2000 Mary Beth ter sofrido um surto compulsivo em plena Bloomingdale's e estar precisando desesperadamente de dinheiro justo na época do ocorrido para cobrir o rombo subseqüente em seu orçamento.

Qualquer que tenha sido a motivação para aceitar a empreitada, e para sua própria surpresa, Mary Beth se divertiu bastante em companhia de Marvin. Divertiu-se tanto que decidiu, inclusive, ela mesma namorar o rapaz.

Pouco depois, violando todas as cláusulas de seu contrato com Elysse, Mary Beth levou Marvin para apresentá-lo aos seus pais.

Ao ser chamada para depor, a moça declarou: "Meritíssimo, foi uma dessas paixões doidas que tiram a gente do sério, o senhor sabe como é".

"Dessas que *podem ser amor, podem ser paixão, podem até ter outra explicação*?", quis ajudar a advogada de defesa.

"É, uma dessas coisas que acontecem...", suspirou Mary Beth, contendo o choro.

"Que acontecem com você o tempo todo", zombou Elysse Sterp.

O argumento mais poderoso que o hábil promotor usou contra Mary Beth foi o fato de ela não ter revelado a Elysse que no primeiro encontro com Marvin os dois deram um longo passeio à beira-mar, enquanto ele citava suas falas preferidas dos filmes do Woody Allen (passeios à beira-mar são terminantemente proibidos nos contratos de terceirização de encontros. As regras desse tipo de transação, aliás, desaconselham encontros perto de qualquer meio aquático, seja lago, riacho, rio, piscina coberta ou banheira de hidromassagem – principalmente esta última).

Igualmente danoso para a acusada foi o fim de semana nas montanhas que ela passou com Marvin pouco tempo depois. Do quarto de hotel onde estava hospedada em Connecticut, Mary Beth telefonou para Elysse pedindo que a liberasse da função de substituta. Diante da recusa da contratante, a contratada ameaçou contar para Marvin que Elysse teria sido um cara chamado Elwyn num passado não muito distante.

Depois da longa e extenuante batalha nos tribunais, o juiz acabou decidindo em favor de Elysse Sterp, determinando que Mary Beth Whiteface honrasse o contrato assinado e libertasse Marvin Slavin do porão da residência dos Whiteface. O juiz ordenou também que Mary Beth devolvesse a pulseira com os dados de identificação do rapaz.

Ficou acordado que os dois poderiam continuar a se ver, mas apenas em dias de semana, e somente se a conta do restaurante fosse dividida sempre.

O escândalo Sterp x Whiteface levantou, obviamente, muitas questões sobre as bases morais e éticas da prática da terceirização de encontros amorosos:

• Mesmo dispondo da tecnologia para oferecer a todos a possibilidade de terceirizar seus encontros, existe a obrigação moral de revelar a verdade à pessoa que vai encontrar uma substituta?

• Mary Beth Whiteface tinha o direito de se apaixonar e abandonar suas obrigações contratuais?

• Elysse Sterp realmente passou por uma operação de mudança de sexo?

A onda de publicidade negativa gerada pelo caso provocou uma desaceleração do mercado de encontros terceirizados. Polêmica desde a sua criação, a prática, hoje, é combatida ainda mais ferrenhamente por conservadores, cristãos renascidos, *hare krishnas* e pela grande maioria dos casados de forma geral. Os únicos grupos que ainda apóiam abertamente a terceirização são os advogados e uma ala mais radical do movimento feminista que alega que as mulheres devem ter o direito garantido por lei de fazer qualquer coisa que lhes dê na telha.

Apesar de tanta controvérsia, é pouco provável que os encontros terceirizados desapareçam totalmente. Qualquer pessoa que já tenha topado um encontro às escuras só porque precisava conhecer gente nova sabe que nenhum preço é alto demais quando se trata de eliminar a agonia de ter de abrir a porta para um perfeito desconhecido que, muito provavelmente, ainda não terá superado o fora que levou da ex-namorada.

Como chamar um homem para sair

Infelizmente, as mulheres como eu (ou seja, todas as pessoas do sexo feminino com mais de 18 anos) estão em desvantagem no mercado atual da busca pelo amor. No nosso tempo (ou, mais especificamente, nos anos 1970, 1980 ou até mesmo numa certa fase dos anos 1990), só cabia aos homens a função de escolher uma pretendente em potencial e chamá-la para sair. Para as garotas, só havia uma maneira de conseguir sair com um cara: dando plantão ao lado do telefone à espera de que ele ligasse a convidando. Se ele não ligasse, você iria lavar o cabelo ou matar o tempo de outra maneira qualquer.

Está certo, talvez essa não fosse a maneira mais dinâmica do mundo de gerenciar uma agenda social. Mas era a única que conhecíamos. Nenhuma de nós tinha a mínima noção das táticas de guerrilha usadas na batalha amorosa hoje em dia (e isso não é culpa nossa. Como acontece com a maior parte das coisas que dão errado em nossas vidas, podemos culpar as nossas mães por não nos terem munido das ferramentas necessárias). E, além do mais, não havia Sarah Jessica Parker nem Christina Aguillera para servirem de inspiração. Talvez nós, que crescemos assistindo a *Ally McBeal, Friends* ou *Buffy – A Caça-Vampiros,* não tenhamos namorado muito, mas em compensação conservamos a nossa dignidade, o nosso auto-respeito e o nosso orgulho – e nunca houve outra geração de mulheres que tenha lavado o cabelo mais vezes.

Bem, mas os tempos mudaram. Ligar convidando um cara para sair é algo tão comum hoje em dia quanto as manicures coreanas ou as lojas da Starbucks em Nova York. As garotas não fazem mais a menor cerimônia, e nós, mulheres mais velhas, temos que nos adaptar à nova situação. Os anos 2000 chegaram pedindo assertividade, sangue-frio e muita atitude. As solteiras, hoje, têm que mergulhar de cabeça no mercado, sem se preocupar se estão usando colete salva-vidas ou não. O lema da busca do amor no século XXI é "se joga agora ou sai da frente porque a fila anda".

Tomar a iniciativa de chamar o cara para sair tem vantagens redobradas: ao fazer o telefonema, você assume o controle da sua vida social e ainda pode desfrutar a sensação inebriante de poder que toma conta do seu corpo quando você supera o famoso medo da rejeição.

Chamar um homem para sair se parece um pouco com aprender a colocar o diafragma: na primeira vez você quer morrer, mas, depois que se acostuma com a estranheza da coisa, acaba vendo que as vantagens em longo prazo compensam a repulsa inicial.

Porém, se você ainda treme só de pensar na idéia de telefonar para o bonitinho que conheceu na fila da copiadora ontem, aqui vão algumas sugestões que podem ajudar a turbinar a sua autoconfiança.

Para começar, você tem que se convencer a ligar. Fique diante do espelho do banheiro e diga para si mesma que *você vai* ligar para ele. Convença-se de que você *quer* ligar para ele, e de que *precisa* ligar. Concentre-se na sua própria imagem, e lembre que essa cara não é de uma mulher covarde. Lance um olhar longo e duro para si mesma (mas, atenção, não se deixe desconcentrar pela tentação de espremer algum cravinho ou aproveitar para descolorir os pelinhos do buço).

Se você está muito nervosa mesmo, às vezes é útil se preparar para o pior. Uma técnica que eu costumo usar quando preciso enfrentar uma situação especialmente difícil é refletir sobre o que, afinal, pode acontecer de tão ruim assim.

Quando decidi ligar para o Darrell, um sujeito charmoso que foi à minha casa para uma noite de loucuras depois de uma festa, eu parei e perguntei a mim mesma: "O que vai acontecer se eu ligar para ele?".

Enumerei uma lista de possibilidades:

a. Ele vai topar sair.

b. Ele vai recusar, mas vai me agradecer por ter ligado.

c. Ele vai dizer que não pode sair porque da outra vez se esqueceu de dizer que está comprometido com uma esposa, a esposa de outro, uma namorada ou um bicho de estimação esquisito.

d. Ele vai me dizer para nunca mais telefonar.

Então, preparei-me para cada uma dessas possibilidades. Para qualquer resposta que ele pudesse me dar, eu já teria uma réplica na ponta da língua. E isso me deixou confiante o suficiente para pegar o telefone e ligar.

Numa atitude tipicamente masculina, Darrell desafiou minha lista de possibilidades e criou uma situação muito além de qualquer previsão: ele simplesmente não lembrava quem eu era. "Acho que nós não dissemos o nome um para o outro naquela noite", ele tentou se explicar depois.

A tentativa de consolo do meu analista foi pífia. "Pelo menos agora você sabe *por que* o Darrell não ligava", ponderou o dr. Yesandno, sutil como um elefante.

"É...", eu resmunguei, "deve ser difícil ligar para uma pessoa se você não sabe o sobrenome dela".

"Nem o primeiro nome", completou meu analista, que tem um apego aos detalhes que chega a ser irritante.

O resultado foi que eu passei os seis meses seguintes sem conseguir ligar para qualquer outro homem – tirando o próprio dr. Yesandno, obviamente.

Mas não foi um tempo inteiramente desperdiçado. Eu o usei para aprimorar a minha habilidade de fazer ligações. Todos os dias eu ligava para dois números aleatórios e fingia que falava com o Darrell. O analista disse que estava impressionado por eu não ter sido presa por atentado ao pudor, mesmo depois de eu ter explicado que a maioria dos homens para quem eu andava ligando parecia gostar de ouvir as obscenidades que eu despejava nos ouvidos deles.

A onda de trotes me ensinou que a prática é fundamental para ser "boa de telefone". Você precisa aprender as técnicas. Quando eu me senti pronta para chamar outro homem para sair, tinha adquirido a confiança para seguir em frente.

Desde esses primórdios, eu criei um roteiro básico que me ajuda a superar a timidez. Caso você também esteja se sentindo insegura para ligar para aquele cara especial, pode experimentar o meu programa dos Nove Passos. Ele funciona às mil maravilhas para mim, e talvez também possa ajudar você!

1. Beba uma taça de vinho de um gole só.
2. Abrace seu bicho de pelúcia favorito bem apertado.
3. Ensaie o que vai dizer usando o bicho de pelúcia como interlocutor.
4. Pegue o telefone e deposite-o no seu colo. Respire fundo várias vezes.
5. Leve o telefone e o bicho de pelúcia até a mesa da sala.
6. Engatinhe para debaixo da mesa.
7. Ranja os dentes, prenda a respiração, feche os olhos com toda a força e reze.
8. Disque o número.
9. Se uma mulher atender, desligue imediatamente.

Os Nove Passos costumam dar certo comigo, mas eu já tentei diversos outros métodos, com graus de sucesso variados. Se você não se sente à vontade em ligar para ele da sua casa, ligue de uma festa ou do meio de um encontro com outro, cuidando para que haja sempre bastante barulho ao fundo. Finja que anda tão ocupada que essa foi a única chance que conseguiu de ligar para ele.

Outra idéia é ligar tarde da noite. Se você acordar o cara de um sono profundo, provavelmente ele vai estar atordoado e propenso a concordar com qualquer proposta.

Qualquer que seja o método escolhido, tente não ter um ataque de pânico naqueles momentos de máxima tensão entre a discagem do último número e o momento em que alguém atende o telefone, quando o *tuuu-tuuuu* da chamada parece o som mais solitário que pode existir.

Deixe um saquinho de enjôo à mão caso você tenha tendência a entrar em pânico quando está sob pressão, e, pelo amor de Deus, não se esqueça de se automedicar.

Esses instantes vão ficar marcados como alguns dos segundos mais estressantes que você passou na vida. Todos os seus instintos vão mandá-la desligar (e provavelmente você vai fazer isso algumas vezes antes de conseguir ficar calma o bastante para esperar até que ele atenda).

O procedimento padrão, caso você já tenha ligado e batido o telefone antes de alguém atender, é esperar 15 minutos antes de tentar uma próxima vez.

Mas se você por acaso ligou, esperou que ele atendesse e então desligou, a regra manda voltar a ligar imediatamente e dizer que o seu telefone está com defeito.

Entre as tentativas de falar com ele, levante seu moral lembrando o quanto você está sendo corajosa e como o que está fazendo é o máximo. Até que enfim a fila está andando, garota! Com um pouquinho de iniciativa da sua parte, ele vai atender o telefone e dizer que já tem compromisso para os próximos seis meses, e você ficará livre para partir para a próxima decepção amorosa.

Chamar um homem para sair é uma experiência de vida que toda mulher deveria experimentar pelo menos uma vez.

Aproveite os recursos do seu celular e mande uma mensagem de texto para o seu *alvo*!

Se você não consegue reunir coragem para fazer isso para o seu próprio bem, faça em nome da causa. Nós, mulheres, temos que lutar pelo direito de controlar o nosso próprio destino amoroso, temos que levar as conquistas do feminismo para a vida a dois.

Afinal, à medida que formos tornando o mundo menos sexista, as mulheres passarão a ter as mesmas oportunidades que os homens de ser rejeitadas e humilhadas e de passar vergonha em busca de um pouco de romance.

O Primeiro Encontro

Eu nunca gosto dos homens que amo, e nunca amo aqueles de quem gosto.
FANNY BRICE, citada no livro *THE FABULOUS FANNY*

Ficar no meio da rua é perigoso demais: você acaba atropelada pelos carros que vêm dos dois lados.
MARGARET THATCHER

Eu só tenho três exigências com relação aos meus homens: eles têm que ser bonitos, destemidos e burros.
DOROTHY PARKER

Como se arrumar em pouco menos de seis horas

15h55 Comece uma dieta para perder 7 quilos nas próximas cinco horas.

16h Ligue a TV no programa do dr. Phil.

16h10 Lixe as unhas.

16h20 Vá até a cozinha e pegue uma Coca *light*.

16h30 Pinte as unhas.

16h35 Sopre as unhas.

16h36 Fique impaciente e comece a sacudir as mãos para secar logo o esmalte. Derrame a Coca *light*.

16h37 Solte uns palavrões.

16h38 Vá até a cozinha. Arranque cuidadosamente uma toalha de papel do rolo, usando os dentes.

16h45 Refaça a pintura das unhas da mão esquerda. Tente ser paciente.

17h Ponha a banheira para encher.

17h05 Ligue para a melhor amiga para contar como você está empolgada.

17h35 Atenda a campainha. Seja gentil com o vizinho de baixo furioso. Diga que "é só um vazamento de água, pelo amor de Deus!", e lembre que o teto pode ser trocado por um novo; as pessoas não.

17h36 Feche a torneira da banheira.

17h37 Entre na banheira.

17h38 Saia da banheira para atender o telefone.

17h39 Grite com o infeliz que discou o número errado.

17h40 Volte para a banheira.

17h41 Saia da banheira para buscar outra Coca *light*.

17h43 Entre na banheira.

17h44 Saia da banheira para buscar o seu esfoliante de damasco.

17h45 Entre na banheira, não resista à exaustão e pegue no sono.

18h Sonhe com o encontro. No meio do sonho, lembre que você só tem mais três horas para terminar de se arrumar. Acorde imediatamente.

18h15 Lave o cabelo, raspe as axilas e as pernas.

18h25 Passe a toalha no cabelo e desembarace-o com o pente.

18h30 Ligue para a segunda melhor amiga para debater que roupa você deve usar. Pergunte se pode pegar emprestado o vestido Prada dela novinho. Bata o telefone na cara da tratante quando ela inventar a desculpa esfarrapada de que já tinha pensado em usar o vestido hoje. Conclua que você precisa de uma nova segunda melhor amiga.

18h45 Perceba que seu cabelo está secando com umas ondulações esquisitas. Entre em pânico.

18h46 Corra para o banheiro.

18h46 Passe o secador no cabelo.

18h50 Idem.

19h Idem.

19h01 Olhe-se no espelho. Tenha vontade de vomitar. Xingue os genes capilares que herdou dos seus pais.

19h02 Ligue a chapinha na tomada.

19h03 Faça uma inspeção completa do rosto no espelho. Decida que é melhor *não* espremer cravo algum.

19h05 Passe o produto para cabelo. Muito produto. Comece a passar a chapinha.

19h20 Esprema os cravos.

19h30 Fique furiosa consigo mesma por ter espremido os malditos cravos. Corra para pegar o estojo de maquiagem. Tente esconder as marcas vermelhas no queixo e na testa. Tente esconder o rosto inteiro.

19h45 Pegue outra Coca *light*. Faça as sobrancelhas com a pinça, arranque os pelinhos do queixo. Fique se perguntando por que o cabelo cresce tão depressa em todas as partes do seu corpo, *menos* na franja.

19h46 Arrume a casa para dar um ar de "acabei de chegar" (veja o tópico *Decoração: preparando a casa para a chegada dele*, na página 84).

20h Note que o seu cabelo agora ficou liso demais.

20h08 Umedeça o cabelo, passe gel, amasse com as mãos para dar forma.

20h10 Use o *babyliss* para recuperar alguns cachos.

20h20 Aplique a maquiagem.

20h40 Desfie a meia-calça.

20h42 Experimente o suéter de gola rulê, cuidando para não borrar o rímel na hora de vestir.

20h44 Reaplique a maquiagem nos olhos.

20h50 Decida que é melhor ir de calça.

20h52 Momento produção a jato: experimente todas as roupas do armário. Vá deixando o que não ficar bom amontoado no chão do quarto.

21h01 Aplique sete camadas de batom, até conseguir que os lábios fiquem com um visual *saí sem batom.*

21h05 Aplique meia lata de *mousse* nos cabelos para criar um *look* natural.

21h14 Faça o teste do bafo usando as costas da mão.

21h15 Atenda o telefone.

21h16 Escute o que o seu querido tem a dizer.

21h20 Diga: "Não, tudo bem. É claro que pode ficar para outro dia".

Como se arrumar em pouco mais de seis minutos

Para realizar uma manobra de precisão como essa, você vai precisar do *timing* perfeito e de uma preparação cuidadosa. Na noite da véspera, deixe o seu *arsenal* separado e pronto para o uso: perfume, desodorante, *spray* para refrescar o hálito, *blush*, *gloss*, escova de cabelo e uma garrafa de *bourbon*. Antes de sair para o trabalho na manhã do grande dia, arrume todos os itens na pia do banheiro na ordem citada.

19h30 Chegue em casa, atire tudo – casaco, pasta, correspondência, chaves, guarda-chuva, saltos – no sofá e corra para o banheiro.

19h31 Borrife o perfume.

19h31min30s Passe o desodorante.

19h32 Aplique o *spray* na boca.

19h32min30s Limpe o resto de maquiagem e poluição dos olhos.

19h33 Passe o *blush* no rosto.

19h33min30s Passe o *gloss* nos lábios.

19h34 Entre em pânico quando a campainha tocar.

19h35 Veja se não tem nenhum resto do almoço nos dentes.

19h35min30s Sorva uma golada do *bourbon*.

19h36 Faça o teste do bafo nas costas da mão. Cole o melhor sorriso no rosto.

19h36min30s Abra a porta.

Decoração: preparando a casa para a chegada dele

No primeiro encontro com um sujeito especial, é preciso fazer tudo para criar a impressão certa a seu respeito. Ou seja: você deve passar uma imagem que impressione o bonitão, pouco importando se ela reflete ou não o seu verdadeiro jeito de ser. Esse conceito pode parecer difícil de entender para algumas mulheres, principalmente as americanas filhas da geração do *baby boom*, nascidas entre o fim dos anos 1960 e o início dos 1970.

Nossas mães repetiram inúmeras vezes para nós que o que conta não é a aparência, que todo ser humano é lindo por natureza, que a beleza interior é o que vale. Ouvimos que a maquiagem é uma máscara artificial, e que a roupa não faz a mulher. Analisando a questão do ponto de vista atual, é fácil descobrir onde elas erraram: nenhuma de nós seria capaz de se dar conta de que esses princípios só se aplicam no caso de você ter passado a juventude totalmente *chapada* 18 horas por dia[11].

Hoje, que estamos mais vividas, é preciso reformular os conceitos para estar em dia com os tempos modernos. Esqueça imediatamente toda aquela psicobaboseira de seja-você-mesma e ele-tem-que-aceitar-você-como-você-é que a mamãe enfiou na sua

---

[11] *Grace Silk declarou à revista* People *em 28 de agosto de 1978: "Eu parei de tomar ácido* por um tempo *[grifo meu] depois que minha filha nasceu. Fica difícil cuidar da criança se você passa o tempo todo* viajando.*" Pois é, e foi a* essa *geração que coube a missão de nos educar. Imagine o resultado.*

cabeça. Bem-vinda ao *material world*, garota. No século XXI, você é aquilo que aluga.

O lugar onde você mora diz muito sobre quem você é e que imagem tem de si mesma. Conseqüentemente, é crucial que a sua casa projete uma imagem criada sob medida para impressionar o bofe. E deixemos as meias palavras de lado: se ele pensar que você é rica, com certeza vai ficar ainda mais caidinho por você.

Projetar a imagem de mulher bem-sucedida pode exigir muita dedicação e esforço, dependendo do seu saldo no banco e de quanto o seu *eu verdadeiro* for distante da imagem de sofisticação desejada (e isso é algo que só você vai saber avaliar com clareza). De qualquer maneira, é bem provável que você tenha que investir na decoração do apartamento pelo menos o mesmo tempo e energia que usou para dar um trato no próprio visual.

Se a idéia é fazer o cara ficar realmente morrendo de inveja do seu cantinho, fique de olho nas dicas a seguir.

Para começar, suma com qualquer coisa que possa provar que você é uma pessoa fútil e superficial (ou burra mesmo). Todos os seus exemplares da *Caras* e de todas as revistas de fofocas/decoração/noivas devem ficar escondidos no fundo do armário, assim como livros de Astrologia e qualquer objeto de uso pessoal ou decorativo com a imagem da Hello Kitty.

Mande todos os bichos de pelúcia para o cesto de roupa suja (se a idéia lhe parecer cruel demais, leve os seus amiguinhos para passar a noite na casa de alguma vizinha compreensiva que se disponha a acolhê-los. Aliás, aproveite para deixar o gato, sua caminha e todos os brinquedinhos com a mesma vizinha, e remova todos os vestígios visuais e olfativos da bandeja de areia sanitária dele).

Jogue fora tudo o que for feito de vime, palha ou algodão cru, e também o que tiver conchas ou flores secas. Lamento, mas a coleção de anjinhos de porcelana também vai ter que ir embora.

Uma casa entulhada de bibelôs não tem nada a ver com o espírito do século XXI.

Esconda qualquer CD ou fita com o canto das baleias (ou qualquer outro som de animal marinho), e também os do Ricky Martin, Michael Bolton ou qualquer pessoa que tenha participado do *American Idol* (e isso inclui não só os candidatos todos, eliminados e vencedores, mas também qualquer artista que tenha feito parte do júri). Tire todos os pôsteres do Ashton Kutcher da parede, das portas ou da porta da geladeira, e esconda todos os produtos inacabados dos cursos de artesanato que você teima em fazer de tempos em tempos.

A geladeira deve estar bem abastecida de frios (para um lanchinho de fim de noite), bebidas e produtos para um belo café da manhã (nunca se sabe).

Espalhe velas pela casa (desde que nenhuma tenha forma de bichinho ou cogumelo). Use apenas as velas básicas, que possam ser encaixadas nos castiçais.

Compre um buquê de flores e arrume num vaso. Se ele perguntar quem enviou, dê um sorriso recatado e minta descaradamente: "Foi um amigo muito querido". Não se esqueça de suspirar em seguida.

Esconda a caixinha de Tampax e outros artigos constrangedores de higiene pessoal. O moço deve pensar que – tanto por dentro quanto por fora – você é limpa e perfeita de nascença, praticamente uma Barbie recém-saída da fábrica.

Aliás, tente passar uma imagem geral de ordem e limpeza. Recolha a roupa suja e esconda debaixo da cama. A louça suja pode ser empilhada dentro do forno ou no armário debaixo da pia. Não manche a reputação do gênero feminino como um todo. Ao contrário, ajude a promover a ilusão de que as mulheres solteiras nunca poderiam ser bagunceiras como os homens solteiros.

A idéia geral é apresentar um apartamento limpo, mas não tão impecável a ponto de parecer que ninguém mora nele. Ao contrário da sua mãe, o cara com quem você marcou de sair não vai ficar procurando restos de poeira embaixo do sofá (e se ele por acaso fizer isso é porque deveria estar saindo com a sua mãe, não com você).

Sinais de bagunça estrategicamente posicionados – uma carta de amor com o envelope aberto na mesinha, umas caixas vazias da Tiffany esquecidas em cima da cama – ajudam a passar a imagem de alguém que gosta de manter a casa arrumada, mas não é uma neurótica, e – o que mais conta aqui – de uma pessoa que tem uma vida movimentada e interessante.

Se você goza de uma certa tranqüilidade financeira, não esconda isso. Deixe o comprovante da última declaração do Imposto de Renda displicentemente "esquecido" na mesinha de centro, e alguns contracheques junto com o extrato de uma aplicação na Bolsa no aparador perto da porta.

A papelada pode incluir também uma planilha ou relatório, para mostrar que você é uma moça apaixonada pelo seu trabalho. Se o bonitão quiser saber detalhes a respeito, responda que vocês têm coisas mais interessantes do que negócios para conversar essa noite.

Lembre-se: a primeira impressão é a que fica. Se quiser garantir que o pretendente da vez vai morder a sua isca, não seja você mesma, seja a Charlize Theron.

O primeiro encontro

Aleluia!

Meus parabéns! Você acaba de concluir com sucesso as duas etapas mais difíceis da busca por um namorado:

1. Achou um homem que topasse sair com você.
2. Achou uma roupa para vestir na grande noite.

Agora, deve estar a caminho do primeiro encontro dos pombinhos, e tem todos os motivos do mundo para ficar empolgadíssima com isso. Afinal, essa noite vai ser realmente especial. O primeiro encontro é um momento mágico em todo o processo de concretização do namoro, é aquele instante em que você e o seu querido criam as primeiras idéias equivocadas a respeito um do outro. Mais tarde, se o relacionamento evoluir para alguma coisa mais séria, você vai poder se lembrar desse dia com carinho e ter saudade de sentir essas primeiras ilusões se formando.

Mas agora não é hora de ficar devaneando sobre o futuro. Você tem mais um desafio pela frente, e dos bons: vai precisar conduzir o desenrolar desse primeiro encontro de modo que ele garanta a existência de um segundo encontro.

O primeiro encontro é cheio de dilemas: aonde ir, como agir, sobre o que conversar... Mas vamos ser objetivos e atacar primeiro a questão principal da noite.

Sexo no Primeiro Encontro

Você deve ir para a cama com ele no primeiro encontro? Se você chegou a formular essa questão (ou seja, se o papo todo de encontro não era um simples pretexto para os dois transarem), a resposta é um redondo e sonoro NÃO.

As pesquisas mostram que o número de encontros que você pode ter com um parceiro novo é diretamente proporcional ao número de saídas que você espera até transar com ele.

Se você cair nos braços do sujeito cinco minutos depois de se conhecerem, o namoro provavelmente só vai durar até ele terminar de amarrar os tênis.

Não deixe o moço avançar o sinal antes de três idas ao cinema, duas peças de teatro, quatro passeios no museu e três almoços a dois. Seguindo essa fórmula, ele vai ser todinho seu (até resolver dormir com a secretária, com a ex-mulher, a irmã da ex-mulher, a sua própria irmã ou um cabeleireiro chamado Henrique).

Você precisa aceitar os fatos: está mais que provado que transar no primeiro encontro é *sempre* um erro. Ceder aos instintos sexuais logo de cara praticamente elimina qualquer chance de o namoro durar, pelos seguintes motivos:

a. Caso a transa seja maravilhosa, espetacular, nota 10 mesmo, ele vai esquecer o seu sobrenome imediatamente, junto com o seu telefone e tudo o mais que tiver ouvido a seu respeito. E provavelmente você nunca mais vai sequer ouvir falar do bonitão.

b. Se a transa for um desastre, vocês não vão ter intimidade bastante para quebrar o clima de constrangimento e poder rir da situação. O cara vai morrer de vergonha de ligar para você de novo (eliminando a chance de um segundo encontro).

Trata-se de uma situação, portanto, em que não há como sair ganhando.

A bem da verdade, nada disso é descoberta recente. Desde que você começou a perceber a diferença entre meninos e meninas sua mãe deve ter aconselhado que é sempre melhor manter um certo clima de mistério, esconder o jogo. Provavelmente, ela vivia dizendo que o homem não valoriza aquilo que consegue fácil demais. Pois veja só, não é que ela estava certa (pelo menos uma vez na vida)?

E os precedentes têm raízes muito anteriores a isso. Em 1922, Helen Rowland já postulava, em seu *A Guide To Men: Reflections of a Bachelor Girl*: "Esperar que um homem vá amar você amanhã porque já ama hoje é tão absurdo quanto contar que o sol estará brilhando só porque o tempo hoje ficou agradável". Disse tudo, Helen.

Então, para reiterar mais uma vez:

REGRA NÚMERO 1: Não transe com ele na primeira vez que vocês saírem.

REGRA NÚMERO 2: Depois de ter transado na primeira vez que vocês saíram, não venha querer chorar no meu ombro (ou no da sua mãe) porque ele não ligou nunca mais.

REGRA NÚMERO 3: Não se sinta culpada por ceder a um impulso tão humano, sua tarada.

Aonde Ir

A maioria dos casais prefere ir ao cinema ao sair junto pela primeira vez. Ver um filme é um bom jeito de passar um tempo ao lado da pessoa sem precisar conversar muito.

Mas é preciso ter cuidado com a escolha do filme, entretanto. O tipo de filme que uma pessoa gosta de ver revela muito sobre a sua personalidade. Trate de passar a impressão correta, seguindo algumas orientações simples:

a. Evite qualquer lançamento com Steve Martin ou Martin Lawrence. Você não vai querer matar a cara-metade de tédio logo no primeiro encontro.

b. Evite filmes anunciados como "clássicos mal compreendidos pela crítica". Eu já fui louca por tudo cuja resenha começasse com a frase: "Esse é um daqueles raros filmes...". Vi mais produções desse gênero do que tenho coragem de admitir e, invariavelmente, a escolha se prova infeliz no final. Não se deixe enganar por resenhas ou críticos supostamente *diferentes da massa.* Filmes em línguas exóticas também não costumam ser boas pedidas para o primeiro encontro, ou o bonitão vai ter que ficar tão concentrado para não perder as legendas que não terá tempo de olhar para você.

c. Evite filmes ruins, maçantes e idiotas, ou seja, todos aqueles que tiverem carros, *nerds,* alienígenas, a Kate Hudson ou o Kevin Costner como assunto principal.

d. Evite mais ainda os que, além de ruins, maçantes e idiotas, sejam violentos, em especial *pérolas* como *Madrugada dos Mortos* e *Van Helsing – O Caçador de Monstros,* ou qualquer um que possa ser remotamente associado a *Matrix.* Você também não deve ir ver nada que tenha Arnold Schwarzenegger ou Steven Seagal no elenco, mas provavelmente já lhe disseram isso antes.

e. Evite qualquer filme que faça você se contorcer de constrangimento na poltrona do cinema. A regra de ouro é passar longe de títulos que tragam as palavras *quente, diabo, centímetros, safadas, tara, proibido, pele* ou *malhação.*

f. Quanto aos filmes românticos: segundo o dr. Joyce Brothers, é melhor ir ver um filme de terror do que um filme romântico no primeiro encontro. O pesquisador afirma que esse gênero cinematográfico não é uma boa opção porque acaba criando para o parceiro um padrão de exigência ao qual você nunca vai ser capaz de se equiparar. De maneira geral, pode-se dizer que quanto mais feios os protagonistas na tela, mais o parceiro vai ser capaz de apreciar a sua beleza depois que rolarem os créditos. Portanto, nada de irem ver Leonardo diCaprio, Jude Law, Denzel Washington, Halle Berry, Catherine Zeta-Jones ou Reese Witherspoon, seja qual for o gênero do filme em questão. Se você estiver se sentindo especialmente insegura no dia, é melhor apostar num longa de animação passado no fundo do mar ou no novo documentário do Michael Moore.

O Que Comer

Esqueça qualquer preocupação em seguir a dieta nesse dia. Coma com prazer. Não fique ciscando no prato, e lembre que comida não é brinquedo. Lembre-se de não arrotar alto, para não deixar o parceiro constrangido. E jamais peça para levar o que sobrou numa quentinha – a idéia é fazer o moço achar que sua vida social é tão animada que você nunca come em casa.

Que Drogas Usar

Você ainda não sabe que usar drogas saiu totalmente de moda? Beber saiu de moda, assim como tomar café, comer carboidratos e fazer sexo.

O que está *in* no momento? Grana. Imóveis é assunto *in*, carteira de investimentos também.

Praticamente só o que resta para vocês fazerem é ir a uma reunião do Al-Anon e depois sentar em algum lugar para discutir as suas estratégias de aplicação na Bolsa enquanto brindam com água mineral. Sem gás, obviamente.

O Que Fazer

Eu conheço uma brincadeira ótima para propor ao parceiro no primeiro encontro. Ela lhe dá a chance de discretamente traçar um perfil psicanalítico do seu pretendente, ou, como se dizia nos velhos tempos, conhecer melhor o sujeito.

Você só vai precisar fazer quatro perguntinhas aparentemente inocentes a ele. Mas lembre-se de anotar as respostas, porque é por meio da análise posterior delas que você vai desvendar boa parte dos anseios inconscientes (e provavelmente algumas bizarrices e fetiches) do sujeito com quem saiu.

Mas, antes de começar a pôr defeitos no coitado, pode ser interessante fazer o teste você mesma e ver a quantas anda o seu próprio porão inconsciente.

Não espie as respostas antes (ou seja, não vá checar o significado oculto de cada questão), ou vai estragar o teste.

Tente lembrar (a si mesma e ao parceiro) que não existe resposta "certa" ou "errada" para as perguntas. A idéia é responder o mais sinceramente possível, sem pensar muito em qual vai ser a interpretação do que você disser.

Está pronta? Vamos lá:

1. Qual é o seu animal favorito? Use três adjetivos para descrevê-lo.

2. Qual é a sua cor preferida? Use três adjetivos para descrevê-la.

3. Qual é o seu corpo d'água (oceano, lago ou rio, por exemplo) favorito? Use três adjetivos para descrevê-lo.

4. Você está num quarto branco vazio, sem nenhuma abertura, sem portas, janelas ou móveis. Descreva como se sente, usando três adjetivos.

Significados:

1. O animal preferido indica como ele vê a si mesmo. Se ele se descreveu como um coala fofinho, *abraçável* e peludo, provavelmente é o cara ideal para você ter por perto nas manhãs de domingo – embora talvez venha com o inconveniente de entrar na muda quando o tempo esquentar. Se o animal favorito do bonitão for uma serpente escorregadia e venenosa, talvez seja melhor começar a pensar num plano de fuga antes que seja tarde.

2. A cor favorita mostra a forma como ele pensa que os outros o vêem. Se ele a descreveu como acolhedora, agradável ao olhar e "ótima no revestimento do sofá", você pode ter certeza de que o rapaz não se sente intimidado pela sua presença. Fique alerta se ele descrever a cor favorita como "penetrante" ou "incisiva". Nem queira saber que tipo de mensagem isso está tentando passar.

3. O corpo d'água é o item mais importante, porque representa a visão que ele tem sobre o sexo. Meu último namorado escolheu o mar, e o descreveu como "eterno, espumante e com cheiro bom" – a melhor definição de sexo que eu já vi na vida, por sinal. Cartão vermelho para o sujeito que responder o rio, e admirar suas águas traiçoeiras e o fundo gosmento e escorregadio.

4. Por fim, a resposta sobre o quarto branco simboliza como o parceiro se sente a respeito da morte, e é aí que entramos mais fundo no lado mais *pesado* da psique alheia. "Claustrofóbico", "assustador" e "louco" costumam ser adjetivos muito citados. Para ser franca, eu nunca ouvi nenhuma resposta para essa questão que não me parecesse perfeitamente adequada, exceto pelo cara que disse que estava se sentindo dentro da geladeira e um outro que perguntou quanto era o aluguel do tal quarto.

Sobre o Que Conversar

Depois de vocês saírem do cinema, terem jantado e feito a brincadeira proposta acima, provavelmente será preciso travar algum tipo de conversa com o pretendente. Essa possibilidade, como todas nós sabemos, pode ser absolutamente assustadora, sobretudo se você seguiu meu conselho e não está totalmente bêbada ou *chapada* a essa altura do campeonato. Eu já fiz uma lista razoavelmente detalhada dos assuntos a serem evitados no primeiro encontro (ver *Serviços de Speedy Dating*, na página 62). Aqui, portanto, vou me limitar a listar algumas orientações mais gerais. A idéia deve ser passar a imagem de mulher inteligente, mas sem nunca revelar que você é mais esperta que ele. Bem, não que o bonitão fosse realmente capaz de pensar isso em algum momento. Misteriosamente, os homens jamais conseguiram conceber que o interesse feminino por sapatos, maquiagem e grifes possa coexistir com uma inteligência realmente superior (muito embora nunca se questionem se o seu próprio entusiasmo por clubes de golfe e campeonatos de beisebol pode ser incompatível com um intelecto brilhante). Vá entender, como diria minha tia Hannah.

De qualquer maneira, se tudo der certo, as orientações expostas aqui vão ajudar você a enfrentar incólume o temido desafio da conversa no primeiro encontro:

• Se ficar falando de si mesma, o cara vai achar você uma chata. Se falar dos outros, vai ser tachada de fofoqueira. Se ficar falando dele, o sujeito vai vê-la como uma interlocutora brilhante.

• É melhor deixar para falar de joguinhos sexuais sadomasoquistas noutro dia.

• Nunca fique se lamuriando no primeiro encontro.

• Tente não passar a noite inteira imaginando se não poderia ter arrumado coisa melhor.

O dia seguinte – decodificando os sinais

Nos órgãos do governo americano, todas as missões estratégicas ou de risco são seguidas de uma reunião de prestação de contas ou um relatório oficial. Os astronautas da NASA, por exemplo, precisam fazer relatórios cada vez que pousam vindos do espaço, e a CIA faz questão de conversar com reféns que são libertados de seu cativeiro a respeito da experiência.

No contexto de um encontro amoroso, essa prática também tem seu valor. Afinal, há semelhanças comprovadas entre sair com um pretendente e ser tomada como refém. Ambas as situações implicam a participação a contragosto de uma das partes envolvidas e, geralmente, o sexo não é lá grande coisa. Conseqüentemente, muitos terapeutas recomendam uma pausa para avaliação no período que se segue ao trauma do contato inicial com um ser amado em potencial. A prática de elaboração do relatório vem se mostrando útil por permitir à mulher solteira que compreenda melhor os acontecimentos da noite fatídica e também porque a ajuda no processo de transição para voltar à condição de encalhada mais uma vez.

Como Avaliar o Primeiro Encontro

Depois que o bonitão lhe der um "tchau e boa noite" (ou "bom dia", caso o casalzinho tenha *avançado o sinal*), sente-se confortavelmente e tente repassar todos os acontecimentos das últimas horas. Faça uma avaliação cuidadosa do que aconteceu, e tente encaixar o seu relatório pós-encontro num dos modelos a seguir.

SITUAÇÃO A

Descrição: você e ele não tinham absolutamente nada em comum. Aliás, a única coisa que *rolou* foi que vocês passaram a noite toda discutindo por tudo.

Ficou claro que ele estava disposto a interpretar como provocação qualquer coisa que você dissesse, e você se sentiu ameaçada cada vez que ele abriu a boca.

Você ficou achando que ele não estava aberto para um novo relacionamento, e ele a achou teimosa e agressiva. Os dois foram para casa certos de que a outra parte ainda estava presa a um namoro anterior.

Conclusão: você está louca para se encontrar com ele de novo.

Estimativa de demora para ele ligar convidando você para sair outra vez: algo entre uma semana e o Dia de São Nunca.

Atitude recomendada: prepare-se para tomar um chá-de-cadeira esperando o telefone tocar. Providencie um bom estoque de Häagen-Dazs e pizza pronta congelada.

Conselho adicional: as dicas de passatempos para você não surtar enquanto espera o maldito telefone tocar incluem terminar de tricotar aquele cachecol do inverno passado, entrar num curso de sapateado ou começar a sair com alguma outra pessoa.

SITUAÇÃO B

Descrição: você e o rapaz se deram muito bem, descobriram que concordam em quase tudo.

Ele ouviu atentamente as suas opiniões e levou em consideração tudo o que você disse, mostrou-se atento às suas necessidades e ávido para agradá-la.

Ele procurou evitar temas que a deixassem desconfortável ou que fossem criar polêmica.

Na hora da despedida, ele lhe pediu um beijo de boa-noite, e em seguida perguntou se e quando vocês podiam se encontrar outra vez.

Conclusão: você não quer mais nem ouvir falar do sujeito.

Estimativa de demora para ele ligar convidando você para sair outra vez: entre uma e duas horas.

Atitude recomendada: tente manter a calma. Não vá fazer mau juízo do rapaz só porque ele parece ter gostado sinceramente de você. Se por acaso ele ligar só para dizer o quanto adorou a noite que passou ao seu lado, tente não ficar nervosa e evite mandar o sujeito catar coquinhos.

Não se esqueça do mais importante: ele ter gostado tanto assim de você não significa necessariamente que o cara seja um completo idiota.

É muito provável que você não tenha vontade alguma de sair com esse cara outra vez, e, aliás, que não queira nem morar na mesma cidade que ele. Mas caso você já esteja sem namorar ninguém há muito, muito tempo mesmo, talvez seja preciso repensar essa reação inicial. Lembre que tudo sempre pode mudar, e que talvez ele estivesse só fingindo ser um cara gentil e carinhoso (existem homens que desenvolvem uma capacidade incrível de fingir sinceridade, conhecidos popularmente como "clones do dr. Phil").

Ainda há uma chance remota de no segundo encontro o bonzinho de plantão se revelar um monstro de crueldade. Tente dar uma chance ao rapaz. Quem sabe se por baixo da fachada de homem sensível não se esconde um verme da pior espécie? Pode ser até que ele seja o canalha dos seus sonhos. Você só tem a perder se não lhe der a chance de revelar a sua verdadeira essência. Afinal, todo homem merece ter a oportunidade de tratar você feito um lixo.

E AGORA?

Depois de fazer uma análise detalhada do encontro e de ter avaliado a parte que lhe cabe no mundo maravilhoso da busca do amor, pode ser que você comece a pensar se realmente deseja se arriscar a passar por tudo isso outra vez. Com certeza a *batalha* não é nada fácil, mas, se isso serve de consolo, parece ter sido assim desde o início dos tempos. Voltando mais uma vez aos idos de 1922, Helen Rowland já dizia: "Achar a sua cara-metade é questão de sorte; saber reconhecer o cara certo ao olhar para ele, questão de inspiração; conseguir conquistá-lo, uma vez reconhecido, é uma arte; e ser capaz de segurá-lo ao seu lado depois de conquistado é um verdadeiro *milagre*". A frase foi escrita há mais de 80 anos, mas duvido que alguma mulher moderna seja capaz de ousar discutir a sabedoria das palavras de Helen.

Uma Solução Alternativa

Caso você conclua que nunca mais vai se submeter ao estresse de sair com homem algum, existe uma alternativa a que pode recorrer para simular com facilidade a sensação de estar numa montanha-russa emocional que você enfrenta ao passar pelo primeiro encontro com alguém:

PARA ELES: sente-se em cima do aquecedor ligado no máximo e comece a rasgar notas de dinheiro.

PARA ELAS: fique pelada na esquina mais movimentada do bairro e tente fingir que não está constrangida.

Nada mais divertido do que o primeiro encontro, não é mesmo?

E agora, pronta para avançar mais um passo e encarar o namoro?

SEXO

Se é inevitável fazer tolices,
que você as faça com todo o entusiasmo.
COLETTE

Tudo o que sobe tem que descer. Só não espere que a coisa desça
num lugar onde você consiga encontrá-la.
JANE WAGNER, dramaturga norte-americana,
na peça A BUSCA, de 1986

O que as mulheres querem na cama – o Relatório Width

Em 1976, a sexóloga e estatística Sheer Height[12] chocou a sociedade americana ao publicar o livro sobre a sexualidade feminina intitulado muito modestamente *O Relatório Height*. O livro trazia os resultados de uma pesquisa feita nos Estados Unidos em que as mulheres revelavam seus anseios sexuais mais íntimos. Na época de sua publicação, *O Relatório Height* foi aclamado como "o melhor estudo sobre sexualidade desde os trabalhos de Masters e Johnson" (segundo a revista *The National Viewer*), por ter deixado muitos leitores "com água na boca" (conforme publicado na *The Beaver Observer*).

Obviamente, o livro da sra. Height aventurou-se a desvendar as profundezas da libido feminina bem antes do lançamento do primeiro episódio de *Sex And The City*, e diversos sexólogos alegam que muita coisa mudou desde a publicação do impactante relatório. Afinal, desde a última década, mais e mais mulheres vêm se fazendo a pergunta fatídica: "O que foi feito da revolução sexual?" e "Por que eu não fui convidada?".

Alguns acontecimentos importantes alteraram radicalmente a dinâmica sexual entre os solteiros. O fato de o atestado médico ter superado as tradicionais flores, bombons e colares de pérolas como o presente mais valorizado para uma namorada em

[12] *N. da T.: "Doutora nas Alturas", em tradução livre. O nome em inglês é uma alusão a Shere Hite, do famoso "Relatório Hite".*

potencial desponta certamente como um marco da estranheza dos tempos modernos.

Para acompanhar os efeitos desse e de outros fenômenos recentes que vêm alterando o comportamento sexual feminino dos anos 1970 para cá, esta autora decidiu encomendar pessoalmente uma pesquisa que desse prosseguimento aos estudos do *Relatório Height.*

A editora, então, contratou os serviços do dr. Claymore Width[13], PhD pelo Instituto McMasters de Fantasias Sexuais e aclamado recentemente pela revista *Star* pelo seu estudo sobre o que passa pela imaginação das mulheres durante o ato sexual. "Nossa, vocês são muito pervertidas!", foi a conclusão final do doutor.

Depois de diversos meses de pesquisas e estudo, o dr. Width, enfim, concluiu uma lista de perguntas para a formulação do novo relatório.

O simples ato de ler o questionário já é capaz de fazer a maior parte das mulheres corar de vergonha. As perguntas são de foro tão íntimo que a esposa do dr. Width deu entrada com o pedido de divórcio assim que o estudo teve início, e a sua amante, Muffy, também decidiu terminar o caso. Até mesmo o cachorro da família, Scruffy, fugiu de casa, chocado.

Os resultados da pesquisa certamente vão deixar você atônita. Nós descobrimos diversas discrepâncias entre os nossos resultados e os registrados por Sheer Height e, obviamente, consideramos o nosso relatório muito mais bem elaborado. No Instituto McMasters, onde foi conduzido o processo exaustivo de compilação dos dados, a equipe responsável lembrou que, se a questão for confrontar Height e Width, todo mundo sabe que, tradicionalmente, a largura importa bem mais que o comprimento.

---

[13] *N. da T.: Claymore "Largura", em oposição ao "Nas Alturas" da pesquisadora fictícia anterior.*

As Descobertas do Relatório Width

Sondamos quatro áreas fundamentais da sexualidade feminina: masturbação, orgasmos, parceiros e posições sexuais.

O Relatório Height foi provavelmente um dos primeiros livros a discutir abertamente a questão da masturbação, e na época muita gente já ficou chocada pelo simples fato de ver essa palavra publicada. É preciso lembrar que tudo isso aconteceu antes do advento de Samantha Jones, quando a masturbação ainda era considerada um tema impróprio para a conversa entre uma mulher e o atendente do guichê do estacionamento.

Mas, contrariando os resultados do primeiro relatório, nós descobrimos que as mulheres de hoje parecem não se dedicar mais tanto à masturbação quanto a dra. Height concluiu em sua época. Nesse quesito, todas as entrevistadas responderam franca e abertamente. Ao depararem com a questão tal e qual formulada pelo dr. Width: *Quando você está sozinha e sente um impulso sexual, você não tem coragem de se tocar daquele jeito pervertido, nojento e horrível, tem?*, as mulheres deram respostas como:

"Não! Nunca!"

"É claro que não! Como você tem coragem de perguntar uma coisa dessas?"

"Não, mamãe, eu juro por Deus que nunca fiz isso!"

Depois de derrubar o mito da masturbação, o pesquisador passou a investigar a maneira como as mulheres lidam com a questão do orgasmo. Sexólogos como o dr. Width sabem perfeitamente que a fisiologia feminina permite que cada mulher tenha uma experiência muito particular de orgasmo, e, portanto, a pesquisa queria saber: *Como você sabe quando teve um orgasmo?*

O objetivo era fazer as entrevistadas descreverem detalhadamente as suas sensações ao alcançar o orgasmo durante o ato sexual (somente na posição papai-e-mamãe e para fins reprodutivos, obviamente). As respostas refletiram bem a ampla diversidade de nuanças característica da personalidade feminina.

"Eu me sinto toda mole e em seguida tenho um ataque de urticária."

"Meu corpo se contrai todo e eu levito em direção a Meca."

"Eu fico completamente inerte, a ponto de quase parar de respirar. Uma vez meu marido começou a fazer respiração boca-a-boca porque achou que eu estivesse morrendo."

"Eu berro 'louvado seja!' e depois começo a cantar *Jingle Bells.*"

"Meu nariz sangra."

"Eu começo a tremer, a gemer, tenho um ataque, berro, arranho, fico ofegante, me contraio toda, perco o controle dos músculos da pelve e agarro o traseiro do meu namorado... – mas isso é só no primeiro orgasmo. Depois do décimo ou décimo primeiro, então, eu enlouqueço de verdade."

"Como assim, 'orgasmo'?"

Por mais que as mulheres tenham deixado muito claro o quanto apreciam um bom orgasmo, *O Relatório Width* revela um novo elemento importante para compreender verdadeiramente a relação feminina com o ato sexual. Se no passado a discussão do tema quase sempre girava em torno do orgasmo como o ponto central da satisfação feminina, essa nova pesquisa mostra que as mulheres de hoje não estão mais tão preocupadas com ele. A solteira do século XXI quer mais que o orgasmo, muito mais! Atenção, dr. Freud, descubra aqui o que elas realmente querem:

"Não é só o orgasmo que me interessa. Eu também quero um forno elétrico novo".

"...um Vaporetto".

"...um TiVo!".

"O meu namorado sabe me deixar louca na cama, transa comigo maravilhosamente, mas em seguida vira pro lado e dorme. Que ódio! Não custava nada, depois do sexo, ele pegar a caixinha do tonalizante e retocar as raízes do meu cabelo."

"...depilar a minha sobrancelha."

"...consertar a torneira do banheiro que está pingando."

"Por que os homens são tão egoístas? Eu queria que meu companheiro pensasse mais nos meus anseios e nos meus sentimentos. Depois de gozar, ele podia se dar ao trabalho de pelo menos de vez em quando tentar ficar acordado para me ajudar a polir a prataria."

Em seguida, o relatório do dr. Width tentava definir as preferências femininas com relação aos parceiros sexuais. Infelizmente, não foi possível obter dados precisos quanto a esse quesito, porque a pergunta, da maneira como foi formulada, aparentemente soou confusa para a maior parte das entrevistadas. Pode ser que tenha havido problemas de clareza na redação, muito embora ninguém na equipe do Instituto McMasters tenha ficado em dúvida ao lê-la:

Com quem você preferiria fazer sexo?

a. Keanu Reeves.

b. Viggo Mortensen.

c. Com sua máquina de lavar roupa.

d. Com um vegetal.

Em vez de simplesmente marcarem a alternativa mais adequada, muitas mulheres responderam com outros questionamentos, solicitando que o doutor esclarecesse melhor alguns pontos, como:

"Quem é Keanu Reeves?"

"Em *A Sociedade do Anel, O Retorno do Rei* ou *As Duas Torres*?

"Durante a pré-lavagem, lavagem, enxágüe ou centrifugação?"

"Cru ou no vapor?"

Mas a maioria das que efetivamente responderam à questão marcou a alternativa "com um vegetal", principalmente se acompanhado de *guacamole*.

Em seguida, o questionário apresentava outra questão de múltipla escolha, desta vez tratando do ato sexual em si. Por conta de certas questões ligadas a direitos autorais e ao conceito da editora a respeito do que caracteriza ou não um texto pornográfico, nós não podemos reproduzir na íntegra o texto da questão, tal como foi formulado pelo dr. Width[14]. Podemos revelar apenas que, diante da pergunta a respeito de *como* preferia o ato sexual em si, a maior parte das entrevistadas marcou a alternativa d), a saber: "relação com outro ser humano".

As respostas desse quesito reúnem as descobertas mais impactantes de todo o *Relatório Width.*[15] O questionário foi enviado para mais de 4 milhões de mulheres residentes em todo o território americano, e as respostas de todas as 13 que responderam foram analisadas para a confecção do relatório final.

Na tentativa de saber por que tantas solteiras se deram ao trabalho de ler na íntegra o abrangente questionário e responder a ele, o instituto decidiu ligar e conversar pessoalmente com cada uma delas, apurando respostas como:

"Já está na hora de as mulheres falarem abertamente de sexo!".

"Eu estava debaixo do secador de cabelo do salão e precisava arranjar uma maneira de passar o tempo".

"Eu era jovem demais na época do *Relatório Height* e fiquei empolgada por ter uma nova oportunidade de participar".

"Responder ao questionário me deixou em ponto de bala!".

Podemos tirar muitas conclusões a partir dos resultados reunidos no *Relatório Width* (a começar pelo questionamento se o dr. Width deve continuar ou não tendo permissão para exercer

---

[14] *Nota de esclarecimento: essa questão foi citada especificamente no processo de divórcio movido contra o dr. Width, e depois da leitura do texto diante do juiz a sra. Width conseguiu a custódia dos filhos do casal, a posse da casa, da coleção de CDs e de tudo o mais em que o dr. Width pôs as mãos sem estar usando luvas de borracha ao longo da vigência do casamento.*

[15] *Caso alguém tenha interesse, o Instituto McMasters pode fornecer uma versão mais detalhada a preços exorbitantes.*

a Medicina). Mas, de maneira bem geral, o que a equipe do instituto pôde afirmar a partir das respostas computadas é que as mulheres de hoje consideram o sexo como algo que elas gostariam de desfrutar sem ter que ficar respondendo a questionários o tempo todo.

"Não seria genial se a gente pudesse transar e pronto, sem ficar sendo testada?", escreveu uma dona de casa de Des Moines. "Eu recebo seis ou sete desses questionários toda semana. Mal sobra espaço na caixa postal para o resto dos folhetos de propagandas e cupons de desconto da pizzaria. Eu só queria saber quando vou começar a receber o pagamento por todas essas informações! Essa tal Shere Height ganhou uma grana preta à custa do livro, mas eu não vi nenhum centavo em troca da minha contribuição. Isso não é justo! Eu só me ferro e ainda querem que eu escreva contando tudinho."

Faça o teste: eu sou boa de cama (ou o quê)?

Você é boa de cama, afinal? Essa questão só pode ser respondida por você mesma, até um certo ponto. A sua cara-metade provavelmente tem informações muito relevantes para o resultado do teste, então, recomendamos que o teste seja respondido a dois, da seguinte maneira:

Marque 5 pontos para cada questão em que as respostas dadas por você e por ele coincidirem.

Caso você esteja sem namorado, faça o teste duas vezes e veja se você realmente se entende bem consigo mesma.

1. O fator mais importante para o sucesso de uma relação a dois é:

a. respeito mútuo
b. ter signos compatíveis segundo a Astrologia

2. Meu perfume favorito é:

a. Vera Wang for Women
b. Vidrex

3. Se o parceiro sugerir que vocês usem camisinha durante o ato sexual, a primeira pergunta que lhe ocorre é:

a. "O que é camisinha?"
b. "O que é ato sexual?"

4. Se o parceiro faz alguma coisa que desagrada você durante a transa, sua reação é:

a. fingir que está gostando para não magoá-lo
b. gritar: "PÁRA COM ISSO AGORA!!!"

5. Você usa o sexo como:

a. recompensa
b. castigo

6. O seu parceiro atual prefere transar:

a. com a luz acesa
b. com outra pessoa

7. O método anticoncepcional que você prefere é:

a. usar um diafragma
b. falar em casamento

8. Pensar em sexo oral faz você:

a. ficar com água na boca
b. ter ânsia de vômito

9. A imagem de uma cama desfeita representa:

a. o seu *playground* preferido
b. a aparência dele quando está vestido

10. A última pessoa a lhe mandar um buquê de flores foi:

a. o seu amor
b. um colega que você convidou para um jantar que acabou passando mal e vomitando no seu banheiro inteiro

11. Sexo com um desconhecido é:

a. imoral
b. a forma como você define casamento

12. Quem escreveu o livro do amor?
a. o Ben Affleck
b. o seu contador

13. Se o seu companheiro não consegue uma ereção, você:
a. diz: "Não tem problema, amor, a gente pode tentar de novo amanhã".
b. pega o telefone e liga para outro cara.

14. Você acredita que o amor:
a. é o que move o mundo
b. é uma desculpa tão boa quanto outra qualquer

15. Sua vida sexual é:
a. problema seu
b. um assunto que está na boca do povo

16. Durante a transa, você pensa:
a. no seu amado
b. no segurança da boate

17. Para completar um jantar romântico você serviria:
a. uma garrafa de champanhe
b. um frasco de Viagra

18. O verdadeiro lar é:
a. onde o coração está
b. o lugar onde você põe a roupa suja para lavar

19. Você não precisa de muito dinheiro porque:
a. você tem saúde de sobra
b. você tem cartões de crédito de sobra

20. Você gosta de ter dinheiro porque:
a. assim pode ajudar os outros
b. é viciada em sapatos

21. Sua zona erógena mais importante é:
a. a nuca
b. a seção de congelados da *delikatessen*

22. Você precisa de sexo:
a. todo dia
b. todo ano bissexto

23. Seu amante deixa você muito impressionada quando:
a. se desdobra em nome do seu prazer.
b. se interessa em saber onde você mora.

24. Para você, a companhia ideal para um encontro é:
a. Russel Crowe
b. Hillary Duff

Questões opcionais
25. Por que você está fazendo este teste?
a. porque ele estava aqui
b. porque gostaria de melhorar como pessoa

26. Se o teste a mandasse atirar-se pela janela, você se atiraria?
a. não
b. só se isso fosse me fazer conseguir ter seios maiores

Pontuação

75-125 pontos: você e o parceiro têm alto grau de compatibilidade e concordam em quase tudo. Vocês têm muita coisa em comum, foram feitos um para o outro. O namoro não deve durar mais de uma semana.

45-70 pontos: você e o seu parceiro têm os ingredientes principais para um relacionamento sexual satisfatório. Vocês concordam nas questões mais importantes, são um casal relativamente compatível. Se um dos dois for rico, o namoro tem boas chances de durar.

0-40 pontos: Está claro que vocês dois não têm absolutamente nada em comum, o que significa que a coisa *pega fogo* quando estão juntos. Fiquem sabendo que correm o sério risco de desenvolver uma atração fatal um pelo outro que pode terminar em compromisso duradouro. Todo cuidado é pouco.

Sobre as Questões Opcionais

Se você respondeu a alguma delas, deduza 50 pontos do resultado do seu teste, passe na enfermaria e pegue um atestado para ir para casa e repousar o resto do dia. Você apresenta um quadro grave de *testemania*, e precisa reduzir a dose enquanto é tempo. Nem chegue perto de qualquer exemplar da *Vanity Fair* nos próximos seis meses.

O sexo estraga tudo – uma confissão baseada em fatos reais

Minha amiga Carol diz que todo homem disponível deveria vir com a data de validade carimbada na testa, como uma garrafa de leite. "Assim você já saberia por quanto tempo ele iria durar antes de azedar a sua vida."

Mas, infelizmente, o amor (por mais que eu hesite em usar essa palavra) não vem com regras, limites definidos ou manual de instruções (prazo de garantia, então, nem pensar). A bagagem que você trouxer de relacionamentos anteriores também não vai contar muita coisa, porque, mesmo sendo verdade que você repete sempre os mesmos erros, o simples fato de cometê-los com homens diferentes faz com que eles *pareçam* erros diferentes.

Veja o caso do dentista Larry, por exemplo. Eu achei que ele gostasse de mim. Que gostasse mesmo, de verdade. E, gostando desse jeito que ele tinha de gostar de mim, aceitei sair com ele algumas vezes. Ele já tinha começado a falar em me apresentar aos amigos, vivia me dizendo que eu era maravilhosa e que gostava de conversar comigo e achava minhas idéias interessantes. Certa vez ele chegou a dizer que ficava ansioso porque queria que eu gostasse dele também. Eu respondi que era meio cética com relação à possibilidade de ter um relacionamento mais sério. Ele retrucou que não perdia o otimismo nunca. Nós conversávamos sobre a família dele, a minha família, amigos, relacionamentos antigos e sobre o nosso passado recente.

Uma segunda confirmação veio da amiga em comum que havia nos apresentado. Ela me confidenciava: "Ele me disse que você é maravilhosa. Ele falou que tem vontade de se perder entre os seus cabelos. Ele quer chamar você para passar o fim de semana em Vermont."

Larry chegou até a me escrever um poema: "Ainda me lembro dos dias em que não havia a lembrança do seu rosto, seu cheiro e sua voz, mas hoje minha calma mal esconde o turbilhão de emoções – é um verdadeiro carrossel do amor".

Eu fiquei lisonjeada, encantada, seduzida. Ele passou a ocupar mais espaço entre os meus pensamentos. E eu comecei a pensar que talvez a nossa história tivesse uma chance de dar certo. Era uma possibilidade remota, obviamente, mas quando você dá uma brecha para esse tipo terrível de otimismo passar, todo tipo de fantasia chega atropelando tudo em seguida.

Uma noite, depois de um jantar na minha casa, ele me beijou de leve nos lábios. Foi só um carinho fugaz, e ele continuou o que estava dizendo. Mas eu me inclinei e o beijei de volta: "Fazia tempo que eu queria beijar você". Botões e zíperes foram se abrindo sem nenhum som. Ele foi até a cozinha buscar água. Eu me lembro da sensação gelada na boca e de vê-lo de pé na porta do quarto me chamando com um sorriso.

Dois dias depois, ele liga tarde da noite. "Você sabe que o meu lema é sinceridade acima de tudo. Eu não curto sexo casual nem *ficadas* sem compromisso, então, acho melhor a gente não transar outras vezes. Não que eu não sinta atração por você, longe disso, mas o lance é que eu não consigo ver um futuro para um namoro entre a gente. Mas não precisamos deixar de nos encontrar só por causa disso, é claro. No fim de semana eu já tenho compromisso, mas que tal jantarmos juntos na terça que vem?"

Eu fiquei remoendo as palavras dele por vários dias, imaginando como poderia fazê-las soar de um jeito que não ficasse tão explícito o fato de eu estar levando um fora porque tinha transado com o cara. Montei na minha cabeça uma justificativa em que ele resolvia se afastar porque gostava tanto de mim que tinha ficado com medo, mas até eu mesma conseguia ver vários "buracos" nessa tese.

Eu pensava no assunto o tempo todo, analisava, refletia. Fiquei obcecada, para falar a verdade.

O que ele tinha querido dizer com "sexo casual"? Sexo sem a possibilidade de compromisso posterior? Ou será que estava se referindo a sexo com alguém com quem ele não iria querer repetir a dose? Ou, pior ainda, será que ele era partidário da tese de uma amiga minha, que diz que "sexo casual é transar com alguém de quem na verdade você nem gosta"?

Eu estava arrasada. O cara não queria mais transar comigo, e isso por si só (obviamente) me fez ficar desesperada para querer ficar com ele de novo, lançando-me no eterno dilema dos encontros amorosos: por que querer alguém que não quer você?

A essa altura eu tinha esquecido completamente o fato de que eu tinha tido sérias reservas quanto ao sujeito logo de início. Assim que nos conhecemos, eu disse às minhas amigas que era uma relação sem futuro, mas que nós podíamos nos divertir no presente. Afinal, não podia haver duas pessoas mais diferentes que nós. Larry era muito jovem, certinho e conservador demais para mim. Ele jogava golfe, eu preferia ir ao cinema. Ele acordava junto com o sol, eu nunca ia dormir antes das 3 horas da manhã. Se a filosofia de vida dele era "excessos com moderação", eu sempre segui o lema "fantasia em primeiro lugar, sempre".

Mas se eu já sabia de tudo isso, por que estava me sentindo tão triste? É claro que eu já tinha repetido para mim mesma que devia ter a ver com os processos da infância, a relação com a minha mãe, a minha auto-estima e todo esse papo. Mas por favor, eu pensava, que essa história não se transforme em mais uma daquelas lições "que eu precisava aprender" (eu já ando meio de saco cheio de crescer como pessoa). Acabei concluindo que se era eu mesma que estava me deixando ficar arrasada, também poderia fazer meu próprio ânimo melhorar. E comecei a procurar motivos para ficar bem.

Durante um tempo, eu passei então a agradecer pelo fato de ele ter sido sincero comigo. Afinal, eu pensava, está cheio de homens por aí que nunca dizem o que estão pensando ou sentindo, e você só vai se dar conta do que está acontecendo depois que eles passam três ou quatro meses sem dar qualquer notícia. Mas toda a gratidão foi embora quando eu me toquei de que teria sido bem mais útil da parte dele ter expressado as suas dúvidas *antes* de nós transarmos.

O foco da minha reflexão se voltou para essa questão específica: antes do sexo (A.S.), eu tinha convidado Larry para um compromisso formal que teria na semana seguinte. D.S. (depois do sexo), ele me ligou para combinarmos essa saída, e eu tive que lutar para controlar o constrangimento e conseguir dizer a ele o que sentia de verdade, que era algo mais ou menos como: "Eu ando confusa demais com tudo isso que aconteceu entre a gente em tão pouco tempo, então, acho melhor nós não sairmos juntos para o tal compromisso, e, aliás, espero que o seu pau apodreça e caia e você tenha uma morte horrível".

A duras penas, eu consegui soltar que não queria ir com ele à festa. A parte depois do "aliás" eu achei melhor omitir, porque, afinal, lá no fundo tinha esperanças de que ele dissesse que aquilo era bobagem e tentasse me fazer voltar atrás com o *desconvite* (e nesse caso não seria boa idéia o pau do sujeito cair, ou ele morrer). Mas eu nem precisava ter me preocupado, porque ele passou longe de protestar. Pelo contrário, cedeu fácil aos meus argumentos, e pareceu meio chateado apenas porque ia perder a chance de estrear seu *smoking* novo.

Eu sei (ou melhor, tenho quase certeza) que se não tivéssemos transado antes teríamos ido à tal festa formal e tido uma noite excelente. Que ainda iríamos sair para jantar muitas outras vezes e falaríamos muito pelo telefone. Talvez eu tivesse chance de ser apresentada aos amigos dele, e ele aos meus, e talvez ele tivesse me escrito outros poemas, com rimas melhores. Mas pode ser também que isso tudo seja só uma outra fantasia da minha cabeça, porque mais cedo ou mais tarde nós iríamos inevitavelmente transar e passar para a mesma situação, D.S.

De qualquer maneira, eu pude extrair uma observação importante desse capítulo tão embaraçoso da minha história amorosa, e vou reproduzi-la aqui em itálico, pois desconfio que ela resume a diferença mais fundamental entre homens e mulheres: *Eu tive dúvidas a respeito de uma possível relação entre a gente antes de irmos para a cama, as dúvidas dele apareceram depois do sexo.*

Tradução: o sexo em si elimina boa parte das dúvidas de uma mulher. Ou, melhor dizendo, uma boa química na cama compensa para nós o fato de ter que lutar contra algumas dúvidas persistentes. E, inegavelmente, ter um homem dentro de você é algo que muda tudo. Essa parte deixa os homens totalmente confusos. Eu acho que eles não conseguem nem começar a compreender a maneira como o sexo internaliza os sentimentos de uma mulher, fundindo o físico ao emocional.

E, porque não compreende, o homem fica confuso e prefere bater em retirada.

Portanto, o sexo estraga tudo. Depois de fazer você ter prazer, uma transa faz você se sentir possessiva, cruel e, por fim, louca mesmo. Ela esmaga todas as suas fantasias, toda sua capacidade de julgamento e acaba com a sua perspectiva racional das coisas. O sexo faz cada detalhezinho tomar proporções inacreditáveis, e deixa tudo de cabeça para baixo. Graças ao sexo, uma noite agradável transforma-se num campo de batalha em potencial. Por causa do sexo, você começa a desejar sentimentos que não existem. Ele deixa você louca, e acaba partindo o seu coração.

Quando Larry me ligou e eu disse a ele que era melhor não irmos juntos à festa, eu falei também: "O sexo estraga tudo". Ele retrucou comentando que, se eu lançasse um livro com esse título, iria vender feito água.

O livro não saiu, mas eu escrevi este capítulo. Curiosa com a reação do Larry, resolvi mandar uma cópia do texto a ele, que me ligou para dizer: "Você fez uma análise muito pertinente do que aconteceu entre nós dois, mas há um problema: ficou parecendo que está confundindo sexo com amor".

Mas é claro que eu estou. É isso que as mulheres fazem, seu idiota – e mais do que isso, o difícil, para nós, é entender por que os homens não fazem a mesma coisa. Aliás, Larry, se *você* escrevesse um livro explicando como os homens conseguem separar sexo de amor, eu aposto que iria vender feito água gelada em pleno verão tropical.

RELACIONAMENTO

Gertrude entregou-se a todo o delírio do romance,
e como acontece a muitos no afã da juventude,
havia confundido razão com imaginação."
SUSAN FERRIER, *THE INHERITANCE,* 1924

Delírios de grandeza me fazem
sentir bem mais feliz comigo mesma.
JANE WAGNER

O que é um relacionamento saudável

O que constitui uma relação saudável entre um homem e uma mulher? Essa é a questão que atormenta as solteiras desde os bailinhos do tempo de colégio.

O conceito de relacionamento saudável foi definido pela primeira vez em 1983, pelo psiquiatra alemão Zigfried Frung, em seu estudo revolucionário *Como Joãozinho e Maria Conseguiam se Entender?*

"Num relacionamento saudável", explica o dr. Frung, "você não gasta mais de 15 minutos da sua noite de sono preocupada se as suas amigas vão mudar a imagem que fazem de você depois que conhecerem o seu novo pretendente".

Antes da publicação do estudo, comumente considerava-se que um casal saudável era o que não passava o tempo todo brigando. "Isso não poderia estar mais distante da verdade", diz o dr. Frung, "o casal saudável briga por absolutamente tudo e depois resolve as diferenças com uma boa transa. Num relacionamento doentio, o casal briga por absolutamente tudo *durante* a transa."

Em seus escritos sobre sexo, dr. Frung faz referências freqüentes ao trabalho de Masters e Johnson e Johnson, uma equipe de psiquiatras que ganhou notoriedade no final da década de 1960 por seu trabalho de análise da prática do *ménage à trois*.

"Num relacionamento saudável entre duas pessoas", escrevem Masters e Johnson e Johnson, "você não acorda pela manhã pensando na maneira mais rápida de colocar a outra pessoa para fora do seu apartamento".

"A regra deixa de valer, entretanto, se antes de escovarem os dentes ou tomarem uma xícara de café, o parceiro virar para você e disser: 'Acho que fiquei ofendido com aquilo que você disse ontem à noite', esperando que você queira iniciar uma discussão."

Segundo os estudos do dr. Frung, a compatibilidade sexual num relacionamento saudável tende a se fortalecer quando ambos os parceiros reconhecem a importância de saber negociar e abrir mão de certas coisas. O grande paradoxo da vida de solteiro na atualidade é que você passa a maior parte da sua existência adulta lapidando e melhorando a si mesma até as raias da perfeição, para depois ter que mudar para segurar a pessoa amada (justo em nome de quem você tanto lutou pela perfeição, para início de conversa). "Todo mundo adoraria não ter que abrir mão de nada", diz Masters, "mas não é bem assim que as coisas funcionam."

Muitas das primeiras observações de Frung se conservam tão atuais hoje quanto há 20 anos. Um dos grandes temas abordados por ele, por exemplo, é o conceito de Queda Social. "Nos relacionamentos saudáveis", ele escreve, "o homem sai com mulheres degraus acima do seu na escala social, e a mulher procura homens degraus abaixo. Para os homens, entretanto, as coisas mudam radicalmente após o casamento. Homens casados passam a sair apenas com garotas abaixo do seu patamar. Já as mulheres casadas mantêm seu padrão inalterado, e têm casos com seu *personal trainer* e o mecânico que conserta o seu carro".

Para provar a atualidade do que o dr. Frung observou, basta tomar o presidente Clinton, que casou com mulheres acima e se relacionou diversas vezes com outras abaixo ao longo de sua carreira política.

O pesquisador afirma que o público americano viu o primeiro exemplo de relacionamento saudável exposto na mídia no seriado *Will & Grace,* que provou que o melhor relacionamento que uma garota pode almejar na vida é com um cara bonito, inteligente, espirituoso e gay.

Mas não faltam opositores às teses do dr. Frung. Há críticos que afirmam que relacionamento saudável é algo que simplesmente não existe. Dr. Juend, um dos principais representantes desse grupo, alega que "na maior parte das vezes, o casal sequer está apaixonado de verdade, só faz aquela encenação toda para despertar inveja nos amigos solteiros".

E a maior parte da população solteira e disponível da atualidade também parece questionar a existência de relacionamentos saudáveis. Em recente pesquisa, quando convidados a definir o que seria uma relação saudável, a maioria dos entrevistados solteiros respondeu: "Hein?".

E a verdade é que muita gente simplesmente não suportaria os rigores psicológicos desse modelo de relacionamento. "Eu já tentei levar relacionamentos saudáveis", diz Hawk Zipkin, solteiro de 37 anos, "mas sei lá, eu me sinto mais à vontade no padrão neurótico mesmo. A meu ver, humilhações constantes e ataques diários à minha masculinidade tornam a vida mais interessante. Você não acha?".

Num artigo para a revista feminina *Cosmopolitan,* o dr. Frung alertou as leitoras para dois sentimentos que normalmente sinalizam o potencial de uma relação se tornar doentia:

1. A sensação de que você abriu mão dos seus critérios mínimos do que é ou não aceitável mais do que seria razoável.

2. Depois da primeira noite que passaram juntos, você só consegue concluir que teria sido melhor ter ficado sozinha (inclusive na cama).

Conseguir atravessar a série de "primeiras vezes" com um novo parceiro sem sucumbir a nenhum surto paralisante de ansiedade é, aliás, um dos critérios principais que o dr. Frung aponta para a formação de laços saudáveis num relacionamento. Depois da sua primeira noite juntos, por exemplo, você não deve considerar um fardo injusto ter que preparar uma xícara de café para o parceiro de manhã. As outras primeiras vezes fundamentais de um casal, segundo o pesquisador, são o primeiro banho juntos, o primeiro fim de semana completo, a primeira festa com os amigos dele, o primeiro jantar com os seus amigos, a primeira vez que você cozinha para ele e a primeira suspeita de gravidez.

Estudo de Caso

Segundo o *Livro Grimness dos Recordes,* o relacionamento saudável mais duradouro do mundo teve início em 1980, quando Tom Bitterman, um garoto recém-chegado ao colégio de Ensino Médio em Terre Haute, Indiana, convidou Florence Barclay, uma garota cristã e líder de torcida também de Terre Haute, para sair. Desse dia em diante, o casal não se desgrudou mais. Em uma semana já se referiam um ao outro por apelidos ridículos.

O fenômeno Tom e Florence, como ficou conhecido nos círculos de psiquiatras, mostrou-se, nas palavras do próprio doutor Frung, "tão normal que chegava a ser irritante".

Tom e Florence falavam um com o outro em linguagem *tatibitate*, e algumas vezes chegavam a infligir essa tortura aos amigos que estivessem por perto.

O casal costumava referir-se a si mesmo como "nós", e quando estavam separados Tom mencionava o nome de Florence 26 vezes por dia, enquanto Florence chegava ao cúmulo de pronunciar a expressão "o meu namorado" impressionantes 33 vezes.

Os dois começaram a adotar o mesmo estilo de vestir, aparecendo sempre de camisa xadrez e lenços combinando amarrados no pescoço. E ficaram conhecidos no colégio como Ken e Barbie.

Tom dizia que adorava a mãe de Florence.

O casal tinha 99% de acertos em todos os testes de compatibilidade que faziam em qualquer revista feminina.

Quando iam a restaurantes, Tom pedia o prato para Florence, e ela cortava o bife dele.

O rapaz mandava tantos bombons de presente à namorada que num único semestre da faculdade ela chegou a ganhar 12 quilos (e a amiga com quem dividia o quarto no dormitório dos estudantes também). Tom achou Florence bonitinha com a nova silhueta, e começou a chamá-la de "minha fofucha". Ele chegou a implorar que ela não tentasse perder nem um grama.

O casal esperou até depois do casamento – cerca de oito anos depois de terem começado a namorar – para fazer sexo.

No reencontro de comemoração dos dez anos de formatura da turma da escola, Tom Bitterman anunciou a todos que seu casamento continuava um mar de rosas. "Nós estamos mais felizes do que nunca. Eu sou o homem mais sortudo do mundo por ter uma esposa como a minha Flori-Dori."

"Awww, Flubby-Dub!", Florence suspirou de volta.

Enfurecida, a massa de ex-colegas de escola (composta em sua maioria por divorciados e/ou solteiros à beira do desespero) expulsou o casal da pista de dança, debaixo de uma chuva de vaias. Dois meses mais tarde, o grupo de formandos da turma de 1984 decidiu por unanimidade deixar Tom e Florence fora das listas de convidados de todos os reencontros futuros. Eles tiveram seus nomes riscados permanentemente do livro do ano do colégio e, tragicamente, como punição retroativa, perderam os títulos de rei e rainha do baile de formatura da turma.

Os vizinhos da sua casinha em Terre Haute aos poucos começaram a evitar o casal feliz. A casa dos Bitterman foi alvo de trotes telefônicos, cartas ofensivas e ovos podres. A situação chegou ao ápice na noite em que um grupo de vizinhos, embrulhados em lençóis brancos, desfigurou a fachada pichando a expressão mais cruel da língua inglesa. A porta da garagem para dois carros amanheceu com um "*Have a Nice Day!*"[16] pintado em letras garrafais. Uma semana mais tarde, os arruaceiros ainda voltaram e queimaram com um maçarico um Smiley[17] no gramado do jardim dos Bitterman.

Depois de ter o pedido de proteção especial negado pelo governador do estado de Indiana (que por coincidência era um

---

[16] *N. da T.: "Tenha um bom dia!".*
[17] *N. da T.: ícone em forma de rosto sorridente.*

ex-conhecido de Tom e pai divorciado e amargurado de seis filhos pequenos), o casal foi obrigado a vender a casa e se mudar para longe. Acolhidos num programa de proteção do governo federal, os Bitterman hoje vivem com nomes falsos, disfarçados como um casal infeliz que vai ao consultório do terapeuta três vezes por semana.

O que falta no estudo do dr. Frung é um alerta a respeito do potencial que os relacionamentos saudáveis têm de provocar ataques de inveja capazes de levar amigos e vizinhos de índole pacífica a atos de violência extrema, certamente uma das razões pelas quais esse tipo de relação tem se tornado cada vez mais raro na atualidade.

O companheiro dela era gentil e asseado
E bom o bastante para uma vida comum,
Mas ah, meus amigos, vocês precisavam ter visto
O pedaço de homem que ela deixou escapar!
DOROTHY PARKER, *DEATH AND TAXES,* 1931

O Bom Rapaz x O Canalha Assumido

Toda mulher solteira deveria saber que só existem dois tipos de homem no Universo todo: o bom rapaz e o canalha assumido. E que, via de regra, todas nós saímos com bons rapazes e nos apaixonamos pelos canalhas assumidos.

Que os homens nos fazem perder o juízo é um fato inquestionável, e a prova máxima não poderia ser mais clara: quando um bom rapaz nos enlouquece, nós reclamamos, mas se o canalha faz isso achamos que é amor.

Você nunca teve curiosidade de saber por que um bom rapaz sempre vai terminar em último lugar na corrida do amor? A resposta está na tabela a seguir:

BOM RAPAZ	**CANALHA ASSUMIDO**
Liga todo dia *Pontuação:* *-10 por demonstrar desespero*	Liga uma vez a cada duas semanas *Pontuação:* *+10 por ter pelo menos ligado*
Sempre faz elogios *-10 por deixar você sem graça*	Nunca repara no corte de cabelo novo *+10 por não tirar você da zona de conforto*
Leva rosas de presente para você *-10 por fazer você se sentir culpada por aceitar tantos presentes*	Nunca prometeu que a vida seria um mar de rosas *+10 pela sinceridade*
Marca de buscá-la para sair com duas semanas de antecedência *-10 por se mostrar disponível demais*	Liga na última hora *+10 por ser um cara tão concorrido*
Tem emprego estável (contador, dentista etc.) *-10 por ser lugar-comum demais*	Está desempregado *+10 pela criatividade, espírito artístico e a coragem de romper com o sistema*
Diz que é louco para conhecer a sua família *-10 por ser um bajulador*	Não quer nem chegar perto da casa dos seus pais *+10 porque você também não*

Quer conhecer a sua melhor amiga *-10 por tentar se infiltrar em todas as áreas da sua vida e deixar você sufocada*	Quer ficar com a sua melhor amiga *+10 por fazer você ficar com ciúme, uma sensação bem parecida com a de amar de verdade*
Quer namorar sério *-10 por não ter conseguido isso ainda*	Não quer saber de compromisso *+10 pelo desafio que isso representa*
Faz de tudo para agradar você *-10 por ser tão dependente*	Só lhe faz um agrado quando lhe dá na telha *+10 pela independência*
Leva você a restaurantes caros *-10 por fazer você ser obrigada a usar meia-calça*	Quer que você cozinhe para ele *+10 por comer a comida que você faz*
Se mostra interessadíssimo no seu trabalho *-10 por fazer perguntas demais*	Se mostra interessadíssimo no trabalho dele mesmo *+10 por aprimorar a sua capacidade de ser boa ouvinte*
Fala dos seus sentimentos *-10 porque os sentimentos nunca estão em sintonia com os seus*	Nunca abre o coração *+10 por deixar espaço para você fantasiar sobre o amor dele*
Avisa que estilo de roupa é melhor para o encontro que ele planejou *-10 por estar sempre com a mesma calça* jeans *careta*	Não está nem aí para roupa *+10 por ficar ótimo sem roupa alguma*
Conta piadas idiotas *-10 por ser um chato*	Conta piadas idiotas *+10 por fazer você rir*
BÔNUS *+10 por sempre aparecer para buscar você em bons carros*	*+250 por beijar maravilhosamente bem*
TOTAL: -130	**TOTAL: +390**

Alguma dúvida?

Querida Guru do Namoro... – respostas aos e-mails das leitoras

Dizem que se conselho fosse bom ninguém os proferiria de graça. Seguindo essa máxima (e também porque as aplicações de Botox estão pela hora da morte), houve uma época em que eu montei um *site* de "aconselhamento amoroso a distância". A página logo começou a render bons lucros, e durante alguns meses a minha vida correu às mil maravilhas. Eu gostava de responder aos e-mails das leitoras, e tinha mesmo grande talento para dizer a elas em que ponto (e como) fugir das roubadas. Com base na minha própria experiência pessoal, eu lhes servia de guia para atravessarem o campo minado do namoro.

Certo dia eu resolvi postar no *site* um caso envolvendo uma conhecida dos tempos de colégio, que – já que estou proibida judicialmente de mencionar seu nome – devo chamá-la aqui de srta. XXX. A srta. XXX me tratava com crueldade desde o jardim-de-infância. Na sexta série, ela fez a classe inteira me odiar por eu ter me esquecido de guardar o seu lugar no primeiro dia de aula, e a nossa amizade nunca mais foi a mesma (há que se dizer que a srta. XXX tinha também um cabelo cor de mel perfeito, que caía num lindo rabo-de-cavalo, de modo que o incidente com a classe não era o meu único motivo para odiá-la).

Pois eis que um dia, no meu *site*, eu resolvi contar uma certa fofoca da época em que o sr. Schmidt, nosso professor de teatro, resolveu escolher a enjoadinha do rabo-de-cavalo perfeito e não a mim para o papel principal em *My Fair Lady*, graças à convincente performance que ela apresentou na sala do professor, a portas fechadas. Para encurtar a história, vamos direto ao ponto: ela de alguma forma leu e me processou (aquela vaca).

O juiz determinou que o *site* fosse tirado do ar e que eu teria que pagar uma quantia ridícula a título de indenização – a qual, mais tarde, ela declarou à imprensa que serviria para financiar seus pares de Manolo Blahnik por anos a fio.

E tudo isso só porque eu me referi a ela como "uma garota dos bons tempos com uma reputação nada boa" (o que, a meu ver, foi não só uma descrição apropriada como uma frase muito bem escrita). Mas é claro que logo ficou evidente nos autos que quem tinha espalhado a tal fofoca desabonadora pela escola havia sido eu mesma, e meu advogado aconselhou que eu aceitasse logo um valor para a indenização e saísse de cena.

E assim acabou, portanto, a minha curta carreira de conselheira. Mas no período em que o *site* ficou no ar eu sei que ajudei muitas leitoras. Sou muito boa em dizer às pessoas o que elas devem fazer, tive anos e anos de experiência com isso. Quem quiser uma confirmação pode perguntar a qualquer pessoa que me conheça, principalmente à minha irmã.

O trecho da correspondência que destaco a seguir é a prova de que o mundo perdeu um talento e tanto depois que a senhorita enjoadinha de rabo-de-cavalo decidiu lavar a honra nos tribunais.

PARA: GURUDONAMORO@ENDERECOFICTICIO.COM
DE: CORA@PERDIDA.COM

Querida Guru do Namoro,

eu estou tendo um problema com meu namorado, Jeff. Ele vive dizendo que se odeia e que se eu terminar o namoro é capaz de enlouquecer. Às vezes ele chega até a falar em se matar. Na semana passada, eu tive que passar quase o tempo todo convencendo-o a descer do peitoril da janela.

Esse comportamento dele acabou com a magia do namoro, e eu ando pensando seriamente em me afastar do cara. Mas será que esse papo de suicídio é para ser levado a sério mesmo?

E tem outra coisa também: será que se eu acabar tudo com o Jeff vou conseguir outra companhia para ir ao casamento da minha irmã?

CORA

PARA: CORA@PERDIDA.COM
DE: GURUDONAMORO@ENDERECOFICTICIO.COM

Querida Cora,

é complicado fazer uma análise profunda da sua situação com as poucas informações fornecidas no e-mail. Para dar meu aconselhamento, preciso que você me responda: quanto o Jeff ganha por mês? Ele daria um bom marido? E também: você tem alguma chance de atrair outro cara? Suas coxas estão tonificadas?

Suicídio é assunto sério e precisa ser considerado com cuidado. A perda de qualquer exemplar solteiro do sexo masculino representa uma queda nas chances de se casar para todas as mulheres sozinhas.

GURU DO NAMORO

PARA: GURUDONAMORO@ENDERECOFICTICIO.COM
DE: CORA@PERDIDA.COM

Guru,

Jeff é um mímico desempregado e sofre de alcoolismo. Ele tem também uma tara por vestir uniforme de empregada e tirar o pó das minhas estantes.

Eu trabalho como representante de vendas de uma multinacional do ramo farmacêutico e sustento a nós dois.

Eu também pratico corrida, entre 15 e 20 km todos os dias. Minhas coxas são mais firmes que barras de aço.

CORA

PARA: CORA@PERDIDA.COM
DE: GURUDONAMORO@ENDERECOFICTICIO.COM

Querida Cora,

trate de deixar as janelas de casa bem abertas e comece a ir trabalhar de minissaia.

G.N.

PARA: GURUDONAMORO@ENDERECOFICTICIO.COM
DE: CORA@PERDIDA.COM

Querida G.N.,

no enterro do Jeff, eu não conseguia parar de pensar: por que todos os meus namoros acabam mal? Eu quero me envolver de verdade com alguém. O que estou fazendo de errado?

Eu era louca pelo sujeito que namorava antes do Jeff. Ele se chamava Tony e era tão maravilhoso que eu nem me importava de sair com o saco e a pazinha catando o cocô do dinamarquês dele pela calçada quando íamos passear.

Quando Tony me deu um fora para ficar com a segunda ex-mulher do irmão dele, eu passei dez dias sem sair da cama, chorando direto.

Como eu posso evitar passar por todo esse sofrimento de novo?

CORA, DE DETROIT

PARA: CORA@PERDIDA.COM
DE: GURUDONAMORO@ENDERECOFICTICIO.COM

Querida Cora,

só há uma solução simples para o seu dilema: só aceite sair com homens dos quais você não goste.

Quanto mais repulsivos eles forem, melhor.

Assim, quando eles lhe derem um fora, você nem vai se abalar.

GURU DO NAMORO

PARA: GURUDONAMORO@ENDERECOFICTICIO.COM
DE: CORA@PERDIDA.COM

Querida Guru do Namoro,

eu segui o seu conselho e estou saindo com um sujeito que mal consigo suportar.

Dick é especialista em periodontia e se recusa a ir para a cama comigo se nós não passarmos o fio dental antes. Ele não tem gosto para se vestir, e eu acho seu cabelo horrível.

Já faz quase dois meses que nós estamos saindo, e se ele resolver acabar o namoro eu vou dar graças a Deus.

Dick faz 35 anos semana que vem e eu não faço idéia do que lhe dar de presente. Ele diz que a única coisa que gostaria de ganhar é um uniforme "oficial" da frota estelar, de Jornada nas Estrelas. *E quando eu pergunto por que ele quer uma coisa dessas, o sujeito só fica vermelho e não consegue falar nada.*

Você não acha que ele está meio velho para essas coisas? O que devo pensar desse pedido?

NÃO EXATAMENTE UMA TREKKER

PARA: CORA@PERDIDA.COM
DE: GURUDONAMORO@ENDERECOFICTICIO.COM

Querida Não Exatamente Uma Trekker,

qual é a patente desse uniforme que o Dick quer?

G. N.

PARA: GURUDONAMORO@ENDERECOFICTICIO.COM
DE: CORA@PERDIDA.COM

Querida G.N.,

é o de cientista de bordo. Leonard Nimoy (o sr. Spock) é Deus para o Dick.

CORA

PARA: CORA@PERDIDA.COM
DE: GURUDONAMORO@ENDERECOFICTICIO.COM

Querida Cora,

qualquer coisa abaixo de capitão é inaceitável.

GURU DO NAMORO

PARA: GURUDONAMORO@ENDERECOFICTICIO.COM
DE: CORA@PERDIDA.COM

Querida Guru do Namoro,

o Dick detestou o barbeador elétrico que eu comprei para ele de aniversário e nós terminamos tudo uma semana mais tarde.

Eu achei ótimo ficar livre do cara, mas não desisti do meu projeto de casar com alguém. Isso é o que eu mais quero na vida. O que devo fazer?

VOCÊ SABE QUEM

PARA: CORA@PERDIDA.COM
DE: GURUDONAMORO@ENDERECOFICTICIO.COM

Querida Cora,

não se desespere. Existe um grupo numeroso de homens que estão não só dispostos a se casar, como a pagar taxas de US$ 5 mil pelo privilégio. São os imigrantes (às vezes chamados de "aliens", mas fique tranqüila, que esse assunto não tem nada a ver com espaço sideral ou Jornada nas Estrelas).

Tudo o que esses homens procuram é uma mulher do seu status social (ou seja, americana) para que possam obter seus "green cards" e ficar no país.

Embora o casamento nessas circunstâncias muitas vezes seja desprezado como "casamento de conveniência", toda mulher solteira sabe que qualquer casamento é mais conveniente do que ficar sozinha.

Para achar seu imigrante, você pode dar longos passeios por Chinatown ou viajar de férias para algum país do Terceiro Mundo. Boa sorte!

GURU DO NAMORO

PARA: GURUDONAMORO@ENDERECOFICTICIO.COM
DE: CORA@PERDIDA.COM

Querida Guru,

eu e o meu novo namorado vimos você no programa do dr. Phil semana passada. Juan Jose achou você "muy bueno", e eu também gostei muito da entrevista.

Desculpe, mas não pude deixar de reparar no imenso solitário no seu dedo. Eu comentei com o Juan Jose que um diamante daqueles só podia ser falso. Ele É falso, não é?

CORA

PARA: CORA@PERDIDA.COM
DE: GURUDONAMORO@ENDERECOFICTICIO.COM
Querida Cora,

de falso eu só tenho o bronzeado, os seios, o nariz, os lábios, os dentes da frente e o amooor que sinto pela minha cunhada.

G.N.

PARA: GURUDONAMORO@ENDERECOFICTICIO.COM
DE: CORA@PERDIDA.COM

Querida Guru do Namoro,

eu viajo muito a trabalho e fico várias noites por semana longe do meu marido. Como eu posso descobrir se Juan Jose está me traindo?

ESPOSA PREOCUPADA DE DETROIT

PARA: CORA@PERDIDA.COM
DE: GURUDONAMORO@ENDERECOFICTICIO.COM

Querida Preocupada,

se o seu marido se mostra muito carinhoso (principalmente quando vocês estão em público) e se está sempre querendo fazer amor, você pode intuir que ele anda pulando a cerca. Por outro lado, pense bem: eu não reclamaria se estivesse no seu lugar.

GURU DO NAMORO

PARA: GURUDONAMORO@ENDERECOFICTICIO.COM
DE: CORA@PERDIDA.COM

Querida Guru,

eu e Juan Jose nos divorciamos há seis meses (eu resolvi sair de casa para ficar com meu assistente). Como nós não tivemos filhos, deixamos de nos ver completamente.

O problema é que eu acho que ainda amo meu Juan Jose e que ele disse para minha mãe que ainda me ama. Eu queria reconstruir a nossa história, mas tenho vergonha de me reaproximar depois das baixarias que dissemos um ao outro no processo do divórcio.

Será que eu devo tentar começar a sair com ele de novo?

EX-SEÑORA

PARA: CORA@PERDIDA.COM
DE: GURUDONAMORO@ENDERECOFICTICIO.COM

Querida Ex-señora,

voltar a sair D.D. (depois do divórcio), principalmente com o próprio ex-marido, é uma coisa muito complicada, um recurso que deve ser cogitado apenas se você estiver sem fazer sexo há tempo demais (o que, a julgar pelo que você conta sobre o tal assistente, não é o seu caso).

Entretanto, você tem a seu favor o fato de ainda estar numa situação A.F. (antes dos filhos), o que facilita um pouco (porque, afinal, não vai haver testemunhas menores de idade caso você faça papel de idiota).

Por que você não tenta ligar para o seu ex para sentir como ele reage? Ou, melhor do que isso, dê uma passadinha de surpresa pelo trabalho dele. É sempre melhor "sentir a coisa" ao vivo do que pelo telefone.

G.N.

PARA: GURUDONAMORO@ENDERECOFICTICIO.COM
DE: CORA@PERDIDA.COM

Querida G.N.,

eu ando tonta de sono pelos cantos, porque o pequeno Guru Jose chora a noite inteira sem parar.

Você conhece algum bom remédio para assaduras?

CORA

PARA: CORA@PERDIDA.COM
DE: GURUDONAMORO@ENDERECOFICTICIO.COM

Querida Cora,

me desculpe, mas esse papo de assaduras deve ser da alçada da Encantadora de Bebês. Dê um beijo no Guruzinho por mim.

G.N.

Namorando homens mais jovens

Me diga uma coisinha, só aqui entre nós: o que realmente faz uma mulher querer sair com homens mais novos? Tudo bem que a preferência parece funcionar para Demi Moore, mas lembre que se você tem jatinho particular e um séquito de dez empregados para atender aos seus mínimos caprichos, a chance de um romance estragar sua vida é muito pequena, não é mesmo?

Para investigar essa que parece ser uma tendência cada vez mais em voga, nós fomos conversar com Kelly Koran, uma exuberante loira de cabelos avermelhados que costuma freqüentar o Jillsy's Bar and Grill, no centro de Seattle. Kelly nos revelou muita coisa sobre essa atração fatal entre homens mais jovens e mulheres mais velhas. Confira aqui as suas palavras na íntegra:

Oi! Está gravando? Eu sou a Kelly.

Acho que você poderia me encaixar na definição de mulher do século XXI antenada com o seu tempo. Eu tenho um cartão de crédito internacional vip, uma gaveta cheia de conjuntos de lingerie sexy, *a minha própria página na internet e uma renda bastante satisfatória vinda das minhas negociações no eBay.*

Só um instantinho, desculpe. Tom? Sirva outro uísque com gelo para mim. Dose dupla, ok?

Onde foi que eu parei? Ah, sim, estávamos falando de mim. Eu sempre me orgulhei de falar abertamente sobre qualquer assunto.

As pessoas me perguntam: "Kelly, amei a cor do seu cabelo. É natural?".

"Natural? Claro que é!", eu respondo. "Por 75 pratas você pode ter uma cor natural igualzinha a esta!" [ela ri alto]

Quanto à idade, então, eu faço questão de ser sincera. Tenho 39 anos, com muito orgulho. Estou na melhor forma que poderia estar. Aprendi a gostar de mim mesma, e aprendi a apreciar um bom puro malte. [Risadas] *Mas, falando sério agora, eu me considero mais dona do meu nariz hoje do que era aos 20 anos. Com o mundo que temos hoje, por que eu vou querer ser adolescente de novo?*

E, afinal, eu não estou ficando mais velha, e sim mais rica. Eu posso dizer que já tenho dinheiro para me sustentar pelo resto da vida, desde que morra até as 4 da tarde. [Mais risadas]

Tom, manda mais uma rodada para mim e para a minha amiga repórter aqui. Ah, não? Tudo bem, só para mim, então.

Muito bem, você quer saber sobre caras mais novos? Bom, semana passada, sentada aqui, junto a este mesmo balcão lotado, eu conheci um garoto maravilhoso. Lin-do! Eu juro para você, parecia uma versão mais jovem do Colin Farrell. Um pedaço de homem, com uma bundinha... Aí nós começamos a conversar e foi pintando aquele clima, você sabe como é. Depois de mais umas cervejas, o bonitão me confessou que tinha 27 aninhos.

Meu Deus do céu, eu pensei.

"Nossa, mas você é uma criança!"

"De jeito nenhum. Eu não sou tão mais novo do que você assim", foi a resposta dele.

A minha melhor amiga, Cindy, que estava sentada ao nosso lado, nessa hora estava ouvindo e disse: "É verdade, a Kelly só tem 31 anos, afinal". E eu resolvi não desmentir, sabe?

"Está vendo?", o deus grego falou. "A diferença não é tanta assim".

E foi assim que eu fiz "aquilo" pela primeira vez. Eu menti a minha idade. Mas foi só porque achei que a mentirinha pudesse ajudar a estreitar os laços, sabe como é, entre mim e o bonitão de 27 anos. [suspiro profundo] *Mas não foi bem assim*[18].

Na verdade, eu não acho que mentir a idade sirva para alguma coisa num namoro... Se bem que isso às vezes produz efeitos bem interessantes numa ficada sem compromisso. [Risos]

Bem, você entendeu o que eu quero dizer, não é mesmo? Qual a sua idade? É mesmo? Que fantástico. Vinte e quatro é uma idade ótima. Hmmm... Duas dúzias.

Os franceses costumam dizer que quando a mulher faz 40 anos ela ganha o rosto que merece ter. O que você acha? Eu tenho o rosto que mereço? Não, não precisa responder, eu só estava brincando. Eu nem estou perto de fazer 40 ainda.

Tom! Manda mais uma!

[o som de um gole, cubos de gelo tilintando no copo]

Ah, esses franceses não entendem nada de nada... Você não concorda? Pô, nem desodorante os caras usam! Como é que você vai dizer que eles entendem alguma coisa?

---

[18] *Para uma explicação mais detalhada, veja o capítulo Sexo no Primeiro Encontro, na página 89.*

Mas, de qualquer maneira, faz tempo que eu concluí que o melhor mesmo é dizer a verdade sobre a sua idade. A verdade é sempre o melhor negócio, é aquele papo de sempre.

Todas essas atrizes de Hollywood, todinhas, saem com caras mais novos que elas, e ninguém está nem aí para isso. Veja só a Demi Moore, que com 41 anos agarrou aquele Ashton Kutcher, e eu aposto que ele não tinha mais de 25 anos. A Mira Sorvino tem 36 e acabou de se casar com um cara de 23! Isso sem falar na Cameron Diaz, que é no mínimo uns dez anos mais velha que o Justin Timberlake. Eu sei direitinho quem pega quem, leio a People *toda semana.*

Aliás, outro dia tinha uma matéria com a Kathleen Turner, aquela atriz do filme Corpos Ardentes, *contando que o marido uma vez lhe disse: "Eu posso não saber tudo o que há no mundo sobre sexo, mas eu sei direitinho do que você gosta". Ai, ai, você já ouviu frase mais romântica do que essa?* [suspiros]

Mas o que eu fico pensando é se essa história é uma nova moda, ou sei lá. Será que só existem caras de 20 anos em Hollywood, por acaso?

A minha amiga Cindy diz que isso é porque os sujeitos que têm 40 só querem saber das garotinhas de 18.

A Cindy sabe bem como é isso. Ela estava namorando um cara novinho – mas novinho meeeesmo. Um dia o sujeito viu um sabonete Erno Laszlo preto no banheiro dela e disse: "Ei, a minha mãe também usa esse!". A coitada da Cindy acabou descobrindo que só era cinco anos mais nova que a mãe do garoto.

Que a mãe dele, imagina só isso!

Eu preciso de mais uma dose. Só de pensar nessa história bate uma depressão daquelas. Manda ver mais uma aqui para mim, Tom! Este bar tem uns garçons ótimos, não é? Tommy, vem aqui... Vem cá, amor! A que horas você sai hoje, meu bem? Ah, sei. E amanhã?

Ah, tá. Bom, pra falar a verdade eu também tenho compromisso, mas tinha esquecido. [risadas] *Quer dizer, tenho uma coisa para resolver aí... Não, é sério. Não precisa se preocupar. Ah, acho que agora vou trocar para conhaque, tá? Obrigada, querido.* [expira longamente]

Quer saber? Eu queria saber quem foi o palhaço que inventou aquele papo de que a gente não envelhece, e sim vai ficando melhor com a idade.

"Melhor?!" Meu bem, só o que melhorou aqui foi a minha berinjela à parmigiana *e a minha relação com o analista, e olhe lá.*

E você quer uma lista do que ficou pior? As minhas gengivas, o meu medo de pegar alguma doença sexual braba, a minha flacidez, as visitas ao ginecologista, o meu bíceps caído, os meus olhos... Eu não consigo mais ler uma linha sem os malditos dos óculos. E isso porque não vou nem começar a falar do estado das minhas coxas.

Melhor... Melhor uma ova!

Se você fizer uma mágica que me faça voltar aos 23 aninhos... Só mais uma vez, aí eu vou mostrar o que é melhor de verdade.

Mas não... o tempo não pára, não é verdade? E a gente que se lixe. Você faz a bobagem de ganhar uns aninhos a mais, e só vai se ferrando com isso.

A verdade é que eu não estou envelhecendo, estou é FICANDO VELHA MESMO!!!!

[o barulho do choro não deixa entender as frases seguintes]

Mas você é uma pessoa bacana... Eu já disse que amo você? Pois é, e vou lhe contar uma coisa: na próxima encarnação eu quero voltar a Tina Turner, porque aí pelo menos eu vou ter pernas lindas para sempre, seja com que idade for.

Agora, se você me dá licença, eu não estou me sentindo muito bem... Cindy, me ajuda a chegar até o banheiro feminino?

A história de Kelly nos ensina muitas lições. Em primeiro lugar, claro, que entrevista e mesa de bar são duas coisas incompatíveis. E, em segundo, que mentir a idade provavelmente não tem qualquer efeito positivo num relacionamento a dois.

Nós podemos perceber, também, que Kelly não parece muito feliz com o fato de estar ficando mais velha.

E você? No momento está saindo com alguém jovem demais? Bem, isso talvez seja um pouco difícil de determinar, porque afinal todo mundo vive dizendo que "idade é uma coisa muito relativa" (todo mundo com mais de 30, eu quero dizer).

De qualquer maneira, elaboramos um teste bem simples, que vai lhe responder sem rodeios se o seu parceiro atual é jovem demais para você. São apenas quatro perguntinhas:

1. A definição de uma noite perfeita para ele é:
   a. ir ao cinema e depois sair para jantar a dois.
   b. a que ele passa na frente do videogame.

2. Quando a mãe dele liga, ela diz:
   a. "Quando vocês vão aparecer para jantar aqui?"

b. "Diga para o meu filho não esquecer de vestir um casaquinho."

3. A trilha sonora que ele escolhe para namorar é:
a. Ray Charles
b. Nine Inch Nails

4. Na opinião dele, hip-hop é:
a. legal
b. música de velho

Se você marcou a alternativa (a) na maior parte das questões, escolheu um namorado da faixa etária correta. Se a maioria das suas respostas foi letra (b), talvez seja melhor começar a pensar em quatro estratégias básicas para lidar com a questão: cirurgia plástica, lipoaspiração, injeções de colágeno e Botox.

Afinal, se a Demi pode, por que você iria ficar fora dessa?

Namorando homens casados

Mais cedo ou mais tarde na história da sua vida amorosa, toda mulher livre e desimpedida está fadada a encontrar, se envolver e acabar apaixonada por um homem casado. Entre amigas solteiras, o que se comenta é que ter um caso com um cara casado é tão inevitável quanto o Michael Jackson precisar de um advogado de plantão.

Em 1982, o bonitão italiano Yves Montand deu uma declaração à *People* explicando por que há tantos homens casados no mercado: "Na minha opinião, um homem pode ter dois, talvez três casos ao longo do casamento", ele declarou sem hesitar, "mas três é o limite máximo. Depois disso já vira traição".

A sra. Montand não quis fazer comentários.

Todos sabem que as mulheres saem com homens casados há muitos séculos, mas foi só depois da publicação de *A Vida Sensual da Mulher Solteira* que a prática começou a ser tanto sancionada quanto encorajada. Com o mesmo tipo de integridade editorial que Helen Gurley Brown voltaria a demonstrar mais tarde, ao criar a revista *Cosmopolitan,* o livro lançava a tese – na época escandalosa – de que (a) não havia problema no fato de uma garota solteira dormir com um homem casado e (b) a coisa poderia ser ainda melhor se ela tivesse prazer com isso!

Os críticos acusavam o livro de tentar se sustentar sobre uma contradição: ao mesmo tempo em que prometia "explodir o mito de que uma garota tem que ser casada para ter uma vida prazerosa", *A Vida Sensual da Mulher Solteira* trazia logo na primeira frase do texto uma declaração da autora alardeando o fato de ser casada com o homem dos seus sonhos, ter dois Mercedes-Benz na garagem e uma empregada em período integral. Se a vida de solteira era tão boa assim, eles diziam, por que a sra. Brown fez tanta questão de nos informar logo de cara que não fazia mais parte do grupo das solteiras desesperadas?

"Essa aí não tem o direito de dizer a nós, solteiras, o que fazer", escreveu uma solteira de 34 anos de N. Jersey. "Se eu não aceito conselhos nem da minha irmã que é casada, por que vou dar atenção ao que essa tal Gurley tem a dizer?"

Apesar dos ataques vindos por todos os lados, Gurley Brown certamente toca num ponto importante ao descrever as razões pelas quais uma garota solteira vai sempre parecer mais atraente para um homem casado do que uma senhora casada. E é nesse mesmo trecho que a autora também revela a melhor faceta do seu talento para traduzir complexas motivações intelectuais e psicológicas numa linguagem acessível para o público leigo: "Ela [a solteira] tem mais tempo e muitas vezes mais dinheiro sobrando para investir em si mesma. Ela tem minutos livres extras para se dedicar aos seus exercícios diários, e uma hora inteira para fazer a maquiagem antes de sair no sábado à noite. Ela sempre terá um sábado inteiro para bordar um lindo quimono, ou horas para encontrar o modelo perfeito numa liquidação – apenas para usá-lo e impressionar o seu amado no dia seguinte".

E como se não bastasse esse *insight* genial, ela continua a impressionar a leitora com conselhos que apenas alguém do quilate de uma sra. Brown estaria apto a dar.

"Nem tente cozinhar para um homem casado, seria a loucura das loucuras!", a sábia escritora avisa. "Afinal, uma das razões para você ter se envolvido com alguém casado é justamente dar um toque de *glamour* à sua existência, não? Ocasionalmente, não há mal algum em mimar o homem casado com um convite desse tipo. Veja dessa maneira: se ele aparecer na sua porta com dois patos que caçou em sua homenagem e uma garrafa de Cordon Bleu, você pode pensar em preparar o jantar."

Será que alguém ainda duvida dos motivos que levaram *A Vida Sensual da Mulher Solteira* às listas de mais vendidos depois desses exemplos? Nunca antes havia existido um livro que explicasse tão detalhadamente as regras de etiqueta a aplicar no caso de o ser amado jogar uma dupla de patos mortos ensangüentados na pia da nossa cozinha. Foi ótimo poder enfim conhecer o método adequado de lidar com essa situação tão delicada, principalmente porque ela se repete freqüentemente na vida de uma garota solteira.

De maneira geral, podemos dizer que o hábito de sair com homens casados aumentou substancialmente dos tempos da sra. Brown para cá (o que nos leva a pensar se alguma dessas garotas não estaria saindo com o senhor Brown, e o que a sra. Brown teria a dizer a respeito).

Os motivos para esse aumento foram explicados em detalhes por Mavis Davis, diretora da agência Você é Linda e Solteira?, de Oklahoma City, especializada em promover encontros S&M (ou seja, entre *singles,* solteiras, e *married,* casados).

"Hoje em dia o número de mulheres solteiras supera em muito o de homens", resume a srta. Davis. "Por isso nós temos que pegar emprestado alguns do grupo dos casados para suprir a demanda."

"Além do mais, eu sou solteira e posso dizer que nós preferimos os casados porque eles oferecem muito mais estabilidade no namoro", ela afirma. "Com um cara casado, você sempre sabe muito bem em que pé está a relação: exatamente à beira do precipício."

"Um caso com um homem casado tem ainda muitas outras vantagens adicionais. Ele ajuda a consolidar nossos sentimentos de abandono e insegurança, por exemplo, e reforça aquilo que nossas mães viviam dizendo, que não existe amor melhor que o amor de mãe. Pois não é que o homem casado pode lhe dar justamente um amor *exatamente* igual ao da sua mãe? Assim como ela, ele nunca vai permitir que você assuma por completo o controle da relação e vai viver exigindo que você reafirme o quanto ele é maravilhoso."

A própria srta. Davis tem um relacionamento com um homem casado (de quem ela se recusa a revelar a identidade) já há dez anos. "O sobrenome dele é Hucklestratmeyerhaus, e a família mora em Wilbur, Oklahoma, na rua Jonestown, mas eu não posso revelar nada além disso."

Para promover os serviços de sua agência, ela mandou imprimir um livreto apontando os pontos positivos de uma relação S&M. O guia, chamado de *Você Gosta de Sexo Vespertino?*, é distribuído como cortesia a todos os clientes cadastrados, e enumera didaticamente vantagens como:

• Você nunca vai ser obrigada a ser gentil com a mãe dele.

• Você sempre vai ter uma desculpa plausível para a sua depressão, letargia, neurose e/ou para aqueles 5 quilos extras que não consegue mandar embora.

• Vai lhe sobrar muito tempo livre nos finais de semana e feriados de fim de ano para fazer compras, ficar com a sua família, se engajar em ações de caridade e se sentir rejeitada.

• Passar o horário de almoço no motel é uma maneira ótima de não escapar da dieta.

• Você vai ter um bom motivo para chorar no cinema.

• Você vai estar na ilustre companhia de casais que tiveram casos de amor memoráveis, como Spencer Tracy e Katharine Hepburn.

• Você não precisa lembrar a ele o horário do dentista, nem cuidar das cuecas sujas.

• Você não precisa fingir interesse pelos filhos dele.

• Você vai viver com saudades e ele vai sempre estar em dívida com você de alguma maneira. Portanto, o sexo normalmente será bom ou mesmo espetacular.

• Você não vai precisar ir aos enterros de parentes dele, nem aos jantares de família.

• Você vai poder praticar à vontade a sua habilidade de lançar ultimatos (veja o capítulo *Ultimatos e Seu Papel Na Criação de Solteironas Recalcadas,* na página 150).

• Se você passa a topar namoros com homens casados, quadruplica a sua chance de conseguir companhia para sair.

"Levando em conta todos os prós e contras, até que não é um mau negócio", conclui a srta. Davis. "Você não precisa assumir muitas das tarefas chatas inerentes ao casamento, e ainda tem a chance de o namorado casado se prontificar a pagar a conta do seu analista. Isso além do fato de, obviamente, nunca precisar ficar preocupada com a possibilidade de o sujeito querer se divorciar de você. Já parece bem melhor do que ficar sozinha em casa assistindo às reprises de *Seinfeld*, não é mesmo?".

ACABANDO E SE ACABANDO

O amor nunca morre de fome, mas é comum que morra de indigestão.
NINON DE LENCLOS, 1870

Que a sua vida se encha de advogados!
PRAGA ÍDICHE

Que Virgínia?
ROSE KENNEDY, AO LHE PERGUNTAREM POR QUE A NORA JOAN VIVIA EM BOSTON ENQUANTO O FILHO TED VIVIA NA VIRGÍNIA

Ultimatos e o seu papel na criação de solteironas recalcadas

Na seqüência natural dos fatos, o primeiro encontro leva à relação sexual, e esta traz uma fase complicada chamada de "o relacionamento". A duração média desse período vai variar de acordo com diversos fatores, incluindo ex-namoradas, fobias de compromisso de ambas as partes e a freqüência da prática do sexo oral. Mas, seja qual for a duração final, um relacionamento quase sempre culmina com um fenômeno conhecido como o ultimato.

Como acontece com muitas fases do ritual amoroso humano, o confronto do ultimato costuma ser estúpido, degradante e quase explicitamente absurdo.

O lançamento do ultimato é um procedimento delicado, que exige perícia de neurocirurgiã para você conseguir evitar cicatrizes irreparáveis no ego e a perda súbita do controle da bexiga.

Ao final de um confronto desse tipo, a mulher solteira passa ao status de noiva ou, como acontece mais freqüentemente, volta à condição de histericamente sozinha outra vez.

Como se trata de uma manobra extremamente arriscada, muitas mulheres preferem adiar a sua execução por meses, anos, ou às vezes até não conseguirem mais lembrar por que queriam ficar ao lado do sujeito que está com elas. E o dilema sobre quando enfim lançar o ultimato acaba levando muitas aos consultórios psiquiátricos. Segundo os terapeutas, as duas perguntas feitas mais freqüentemente pelas mulheres solteiras quando procuram seus serviços pela primeira vez são:

1. Como eu posso criar coragem para dar um ultimato ao meu namorado?

2. Quanto o senhor cobra por sessão?

Para a questão do ultimato você vai receber a resposta mais ouvida nos consultórios de terapia, a clássica: "Como você se sente a respeito disso?".

Já o preço da terapia pode ser calculado usando a seguinte fórmula: pense na quantia mais extravagantemente absurda de dinheiro que uma pessoa poderia querer cobrar para ouvir você ficar falando por 50 minutos. Agora multiplique essa quantia por 15.

Como Dar o Ultimato

É fato comprovado que o momento do ultimato aparece com muito mais freqüência nos relacionamentos entre homens casados e mulheres solteiras. Durante esse tipo de caso, aliás, a mulher tem a oportunidade de praticar ao máximo e lapidar as suas técnicas de lançamento de ultimatos, o que vai se provar bastante útil numa fase posterior de suas vidas, quando (e se) elas se tornarem mães (ninguém no mundo sabe lançar um ultimato com mais perícia do que uma mãe).

Lembre sempre que *timing* é tudo. Você precisa agir no momento exato em que o sujeito em questão ainda acredita que é capaz de morrer de amor por sua causa, mas logo antes de uma outra chegar e acabar com a coisa toda.

Mesmo as solteiras que saem com homens solteiros têm muito a aprender sobre a arte de lançar ultimatos estudando as duas técnicas principais usadas para lançar um ultimato a um homem casado.

Primeiro temos a técnica conhecida como Ultimato Recolhido, ou U.R., em que ele é lançado, mas não é levado a cabo. Veja no diálogo a seguir entre um homem casado e uma mulher solteira um exemplo excelente de U.R.:

ELA: "Se você não casar comigo, eu..."
ELE: "Você o quê?"
ELA: "Eu chamo o Herb da Contabilidade para sair!"
ELE: "Você não teria coragem de fazer isso comigo." (opcional: com a voz falhando)
ELA: "Não chore, por favor!"
ELE: "Você promete que não vai sair com o Herb?"
ELA: "Tudo bem, eu não saio com ele."
ELE: "Legal. Que tal a gente ir jantar naquele restaurante mexicano?"

O U.R., em suas inúmeras variações, pode continuar sendo usado por anos a fio (até bem depois de o Herb ter sido demitido do departamento de Contabilidade).

Já o Contra-Ultimato (C.U.) é uma tática mais sofisticada para calar a ameaça de um ultimato inicial, como fica claro no diálogo:

ELA: "Se você não casar comigo, eu me mato."
ELE: "Se você se matar, eu me mato!"
ELA: "Sério?"
ELE: "Claro. Eu nunca ia conseguir continuar vivendo sem você por perto. Mas disso você já sabe, não sabe, meu amor?"
ELA: "É, eu acho que sei..."
ELE: "Legal. Que tal a gente ir jantar naquele restaurante mexicano?"

Nos dois casos, o homem casado consegue neutralizar o ultimato e ganhar tempo com isso. Mas sempre chega um momento em que o ultimato passa a ser repetido cada vez mais freqüentemente. A relação acaba não resistindo à pressão, e isso costuma ser seguido por uma longa fase de auto-recriminação e lágrimas constantes.

Embora esse seja um período bastante difícil, ele traz pelo menos uma vantagem: é justo nesse espaço de tempo que a mulher chega ao ápice da sua capacidade de se tornar uma recalcada.

Como Cultivar um Recalque

Nós sabemos, claro, que existem pessoas sempre dispostas a perdoar, pessoas de bom coração, decentes. Elas não gostam de se meter em confrontos, preferem guardar os seus rompantes de humor e as suas reclamações para si mesmas. Elas aprenderam a arte de oferecer a outra face. Elas são o tipo de pessoa que jamais iria tentar roubar o/a namorado/a de uma/um amiga/o, que não pensaria em entrar com um processo caso levasse um escorregão no tapete do seu banheiro, e que nunca deixa a secretária eletrônica atender o telefone quando está em casa. São pessoas, em suma, totalmente não adaptadas à vida nos anos 2000 e de quem você deve se manter afastada a todo custo, porque seu destino é, mais cedo ou mais tarde, ficar irremediavelmente viciadas em séries como *Everybody Loves Raymond* e em antidepressivos.

Os tempos modernos exigem as doses certas de reação apropriada, introspecção e autocentramento. Você não pode sobreviver aos dias de hoje sem mecanismos de defesa como a capacidade de criar um recalque.

A sua tenacidade na manutenção do recalque vai depender da existência e da força de dois traços de personalidade bastante específicos: a memória de longo prazo e o pavio curto.

Ter boa memória é o mais importante de tudo. Você vai precisar treinar o seu cérebro para que ele funcione como um computador de alta precisão e vá guardando cada pequena mágoa e deslize – às vezes por anos a fio – até que o conjunto atinja uma grandeza que possa ser usada a seu favor. O momento ideal para usar esses dados acumulados é, de preferência, durante uma discussão acalorada, quando o oponente estiver em posição vulnerável. Assim, todas as farpas longamente cultivadas poderão ter seu efeito otimizado ao máximo.

Em segundo lugar, você vai precisar ter o pavio curto, que será usado tanto como desculpa para destilar seu veneno quanto como justificativa para você ser tão malvada, podre e egoísta (na verdade, você não precisa se dar ao trabalho de tentar ver a si mesma como malvada, podre e egoísta enquanto a sua mãe continuar reforçando continuamente esses rótulos a cada telefonema entre vocês – vai chegar o momento em que você simplesmente começará a acreditar piamente nas palavras dela).

Para reforçar a sua capacidade de guardar rancor contra um antigo namorado, vale a pena treinar com familiares antes. Em geral, os cientistas observam que o melhor é guardar o rancor mais ferrenho para ser usado contra parentes. Essa estratégia de "manter tudo em família" costuma ser eficaz, porque, em geral, você e os seus familiares têm uma convivência que vem de longa data e você pode, assim, guardar um extenso histórico de reclamações e antigas mágoas mal resolvidas para serem tiradas da manga no momento crucial.

E pense bem: se você conseguir ter desavenças fortes o bastante com um bom número de parentes, não vai mais precisar freqüentar as reuniões de família! Em vez de ter que enfrentar duas horas de engarrafamento para passar mais duas horas discutindo com o cunhado, você vai poder ficar tranqüilamente assistindo a um DVD e se entupindo de porcarias antes do jantar, sem ninguém para perturbar os seus maus hábitos.

Depois do ódio contra irmãos e parentes em geral, o melhor tipo de desavença permanente é aquela com cônjuges, ou, em especial, ex-cônjuges (namorados e ex-namorados vêm logo em terceiro lugar). Os rancores e recalques que nascem de brigas de família, processos de divórcio, ciúmes e amores não correspondidos podem ensinar lições preciosas. Depois de uma discussão feia com a sua mãe ou de passar a noite atirando pratos no seu futuro ex-namorado, você vai estar muito mais bem preparada para a vida no ambiente de trabalho.

Se você começar a aprimorar as suas técnicas o quanto antes, talvez ainda consiga sentir raiva do seu primeiro namoradinho da escola quando estiver comemorando o nascimento dos seus netos.

O melhor de ser uma recalcada é que você realmente vai melhorando com a idade, e – ao contrário da inocência ou da felicidade – o rancor é uma dessas emoções que não precisam de muito esforço para se instalarem para sempre no seu coração.

Mau Humor – A Atitude da Nova Era

Os especialistas concordam que a década de 1990 foi um período especialmente difícil para as mulheres que sofrem de mau humor crônico (conhecidas no jargão psicológico como malas sem alça). Bastava elas piscarem os olhos para o Donald Trump anunciar mais um lançamento imobiliário que jamais caberia no seu orçamento. Celebridades como Madonna e Courtney Love tiravam a graça de qualquer tentativa de ser famosa, e semana a semana, as malas de plantão eram bombardeadas por documentários na TV a cabo mostrando histórias de gente com vidas melhores que as suas, casas mais bonitas, filhos mais fofos, peitos mais empinados e bichos de estimação mais fiéis que os seus. É como diz a canadense Helga Freundly, psicanalista e passeadora de cachorros profissional: “Muita gente passou a maior parte da década passada no maior bode. Que droga, *eh*?”.

Realmente a vida não andava nada boa para essas mulheres, até uma delas, Rhonda Sperling, decidir que havia chegado ao seu limite e que as coisas não podiam mais ficar como estavam. Reverenciada até hoje por recalcadas e resmungonas de toda parte do globo, Rhonda foi uma mal-humorada que deu a volta por cima.

Na entrevista que concedeu na sala de estar do seu *trailer* em New Paltz, NY, Rhonda contou ao repórter do *Entertainment Tonight And Everynight For Ever And Ever* como conseguiu escapar do bode dos anos 1990.

"É, não foi mesmo uma década nada fácil para mim", ela começou a contar enquanto mexia o café instantâneo com a lixa de unhas. "Eu tinha grandes esperanças para os anos 1990, mas logo tive que encarar a barra de ficar sem companhia para ir ao casamento do meu irmão de criação e o processo movido contra mim por um idiota de um vizinho que se atirou na frente do meu *snowmobile.* Fevereiro mal tinha chegado, e eu já estava falida. Fiquei no maior baixo-astral, mas num belo dia, enquanto folheava uns números antigos da *National Enquirer,* dei de cara com uma matéria sobre um ex-amante do Rock Hudson que decidiu processar o estado e acabou ganhando uma indenização de 21 milhões de dólares pelo que chamou de '*angústia mental*'."

"'Ora, de angústia mental eu entendo como ninguém!', pensei com meus botões."

"E foi assim que eu liguei para a Defensoria Pública e fui encaminhada para uma advogada que me garantiu que eu tinha boas chances de vitória depois de tudo o que já sofrera na vida. 'Rhonda', ela me falou, 'você já passou mais angústia nesta vida que Elizabeth Taylor, J-Lo e aquela magrela da Olsen Twin juntas'. E foi então que eu vi que tinha alguma chance."

Rhonda Sperling não perdeu tempo. Ajudada por sua equipe de advogados, ela entrou com 22 processos independentes nos estados de Nova York, Nova Jersey e Connecticut, todos alegando angústia mental. Uma lista breve dos seus pedidos de indenização inclui:

• US$ 600 mil da sra. MacGregor, professora de Rhonda na quarta série, por não ter deixado a menina ir ao banheiro mesmo estando muito, muito apertada – como Rhonda em seguida provaria diante da classe inteira.

• US$ 450 mil da sra. Godley, professora da sexta série, por ter rido quando Rhonda chamou-a sem querer de "mãe".

• US$ 7 milhões de David Zeller, que recusou o convite de Rhonda para ir com ela ao baile de formatura do 1º grau e ainda perguntou se podia chamar a irmã dela, Nancy, para sair.

• US$ 2 milhões de Roger Risoto, que passou seis meses morando com Rhonda depois de ter se separado da primeira mulher e fugiu para Los Angeles quando ela começou a falar em casamento.

• US$ 3 milhões de Joel Heine, que acabou o namoro com Rhonda na véspera do *Réveillon*.

• US$ 13 milhões de Sam Carlucci, o amor da vida de Rhonda, que passou seis anos prometendo que ia se separar da esposa e nunca o fez.

• US$ 2 milhões do Elliot, cabeleireiro de Rhonda, que cortou a franja dela curta demais.

• US$ 75 mil de Kenny Craig, que tinha prometido levar Rhonda para passar férias nas Bahamas e acabou convidando uma suposta ex-namorada no lugar dela.

• US$ 7,5 mil de Danny Kravitz, que depois de um cinema seguido de jantar perguntou a Rhonda se eles podiam sair juntos outras vezes, mas nunca mais ligou.

• US$ 150 mil de Howard Stern, por sujeitar Rhonda a ouvir suas opiniões certa noite quando ela estava trocando as estações do rádio aleatoriamente.

• US$ 6 mil de todos os gerentes de Departamento de Pessoal que não quiseram contratar Rhonda para as vagas a que ela se candidatou.

• US$ 750 do funcionário dos Correios que mandou para o endereço errado o cheque do seguro-desemprego do mês passado.

• US$ 2 bilhões da mãe de Rhonda, pelo motivo mais óbvio de todos.

Aconselhada pelos advogados, Rhonda decidiu também entrar com processos contra alguns grupos e categorias de pessoas. Isso faz dela a primeira pessoa na história americana a dar início a uma ação coletiva com base na premissa da angústia mental. Confira as indenizações que ela tem esperanças de ganhar:

• US$ 2 mil de qualquer pessoa no planeta que tenha uma herança a receber.

• US$ 65 mil de cada garoto da turma de 1986 do Colégio Fair Lawn que não convidou Rhonda para o baile de formatura do 1º grau.

• US$ 47 de todas as mulheres do mundo cujo braço não sacode na hora em que elas dão tchau.

• US$ 1 mil de cada pessoa que morar de frente para o mar em todas as regiões litorâneas do planeta.

• US$ 64 de todos os motoristas que fecharam o carro de Rhonda na via expressa.

• US$ 2,5 mil de toda mulher mais jovem, mais bonita e/ou mais bem-sucedida do que Rhonda.

• 25 cents de cada mendigo que já importunou Rhonda pedindo "um trocado".

Rhonda já foi alertada que, embora tenha grandes chances de sucesso em seu(s) processo(s), pode ser que ela tenha que aguardar o seu desenrolar nos tribunais até o ano 2030.

"Que tal lhe parece?", ela conclui. "Talvez os anos 2000, afinal, não sejam tão ruins quanto os que passaram."

Os seis estágios da morte por amor

É possível alguém realmente morrer de amor? Bem, embora o coração partido seja só mais um capítulo do grande Livro do Amor, a verdade é que se trata de um capítulo especialmente terrível.

O processo de recuperação de uma decepção amorosa foi estudado em detalhes pela dra. Elaine Kahula-Rossi. Psicoterapeuta de San Francisco reconhecida pelas suas pesquisas sobre comportamentos obsessivos, a dra. Kahula-Rossi estava no meio do seu ano sabático, isolada numa ilhota no Estreito Puget, perto de Seattle, Washington, quando começou a se envolver acidentalmente com diversas pessoas que sofriam por amores perdidos.

Ao sair de manhã cedo para passear com seu cachorro, a psicoterapeuta começou a encontrar na praia os sofredores do amor que eram arrastados pela maré até lá durante a noite. Ela constatou que alguns vinham inclusive de locais distantes, como Los Angeles ou San Diego.

A visão daquelas pessoas deprimidas, queimadas de sol e com as caras inchadas despertou a curiosidade científica da doutora. Ela começou a fazer um estudo das relações entre os efeitos da rejeição e da água salgada, e a pensar se não podia ser traçado um padrão que resumisse o funcionamento geral do processo de recuperação de um fora dado pela pessoa amada.

Quase imediatamente ficou claro que embora os pacientes estudados tivessem idades, religiões e preferências sexuais variadas, todos pareciam apresentar características muito semelhantes entre si. Ela passou a dedicar muitas horas de seu tempo a ouvi-las falarem de seus ex-amados, e completou suas observações pessoais com uma pesquisa detalhada dos episódios reprisados de *Friends* e *Frazier*.

Por fim, a dra. Kaluha-Rossi pôde concluir que havia cinco estágios definidos no processo de morte por amor. Anos mais tarde ela concordou em acrescentar mais um estágio à lista para acalmar a neurose de alguns pacientes que exigiam uma meia dúzia completa.

Negação

O primeiro estágio é o da negação, no qual a paciente se recusa a reconhecer que está sofrendo. O sinal mais característico dele é a repetição da frase "Eu nem gostava do cabelo dele mesmo", combinada a: "Além do mais, nem bom de cama ele era".

A paciente na fase de negação não aceita a realidade. "Eu tenho certeza de que amanhã ele vai ligar", costuma repetir obsessivamente. Nessa fase, também, ela fica mais propensa a acreditar num dos três grandes mitos românticos da modernidade, a saber:

1. Os homens solteiros querem se casar.
2. Homens casados um dia se separam mesmo das esposas.
3. Um dia o seu príncipe vai chegar num cavalo branco.

A paciente cria a fantasia de que, se esperar tempo bastante, o ser amado vai acabar pedindo desculpas e dizendo que mudou de idéia, que disse um monte de bobagens e que está ainda mais apaixonado do que antes. A paciente em geral se imagina fazendo um certo jogo duro e batendo o telefone na cara dele uma ou duas vezes, muito embora já tenha decidido que vai perdoá-lo e conseguir que ele lhe dê algum presente exorbitantemente caro para fazerem as pazes.

Ela não se dá conta de que o homem moderno trabalhou tanto os seus sentimentos que pelo visto acredita que seria um desperdício investi-los todos numa única mulher. "Só existem dois tipos de homens perfeitos", a doutora escreve, "os que já morreram e os que são letais. O problema é que a maior parte das mulheres só vai perceber isso lá para o fim da vida, quando uma tigela de sorvete de baunilha parece muito mais convidativa do que qualquer homem."

Quando vê que a sua fantasia de reconciliação não vai se tornar realidade, muitas vezes a paciente passa a sentir um desejo compulsivo de escrever ou telefonar para a atual namorada ou esposa, a mãe, o chefe ou o advogado do amado, sinalizando, enfim, a sua passagem para o segundo estágio.

Raiva e Depressão

R&D (raiva e depressão) são os componentes básicos do segundo estágio do processo. Os chiliques passam a ser freqüentes e violentos. A intensidade varia de acordo com a personalidade individual, mas a recomendação geral é que a paciente seja afastada de qualquer peça valiosa de porcelana e de todos os cartões de crédito enquanto durar essa fase.

Durante a R&D a paciente fica sujeita a pequenos acidentes cotidianos, com ferimentos superficiais em todas as partes do corpo. Topadas, hematomas e cortes costumam ser freqüentes. Também são comuns episódios de carteiras e chaves perdidas. Algumas vezes, as pacientes voltam a usar o recurso de espernear e bater a própria cabeça contra objetos rígidos, como faziam por volta dos 2 anos de idade. Nessa fase convém evitar que a paciente conduza veículos motorizados ou tome qualquer decisão importante envolvendo decoração de interiores. É durante a R&D que algumas mulheres começam a usar estampa de oncinha, e esse hábito infeliz muitas vezes se torna permanente.

Quando a raiva começa a ceder, normalmente a depressão se instala. A paciente começa a sentir que a vida sem o ser amado simplesmente não vale a pena. Caso seja flagrada lançando olhares melancólicos em direção ao forno ou ao armário de remédios, recomenda-se que seja posta sob os cuidados de uma enfermeira profissional 24 horas. Nesse estágio ela deverá chorar bastante, dormir 18 a 19 horas por dia e passar tardes e mais tardes prostrada na frente da TV.

Autocomiseração

A transição para o terceiro estágio, denominado pela dra. Kahula-Rossi de autocomiseração, é tão gradual que muitas vezes é difícil distinguir essa fase do estágio depressivo anterior. Ambos são caracterizados pelo consumo compulsivo de alimentos e bebidas. Um ganho de peso de 5 a 10 quilos ou mais é esperado durante essa transição.

O que caracteriza marcantemente a entrada na autocomiseração, entretanto, é o fato de a paciente voltar a se expressar verbalmente com mais freqüência. Enquanto na fase depressiva ela se limita a suspiros longos e profundos e a um retorcer das mãos ocasional, a entrada na autocomiseração traz a fala de volta. A pesquisadora observou que nesse estágio as pacientes costumam proferir repetidamente questões retóricas, tais como: *Por que essas coisas sempre acontecem comigo?* ou *O que há de errado comigo?*, ou, ainda, *Eu sou uma pessoa legal, não sou?*

Na tentativa de explicar esse fenômeno, ela escreveu: "A minha tese é de que as pacientes estão tão voltadas para as suas próprias questões nesse momento do processo que acham perfeitamente justificável fazer em voz alta perguntas que só elas mesmas teriam como responder".

Nesse estágio, as respostas que você dá às tais questões não importam muito. Se você concordar com a sua perspectiva pessimista, elas provavelmente vão se armar de sarcasmo e dizer algo como "Nossa, assim você está ajudando muito mesmo!". Caso discorde de suas posições, elas vão acusar você de estar sendo condescendente. A dra. Kahula-Rossi conclui dizendo que a própria paciente deve trabalhar a sua autocomiseração. "É por isso, aliás, que ela tem esse nome", completa, muito pertinentemente.

Parar de Sofrer

Por fim, depois de superar o sentimento de autocomiseração, a paciente pára de sofrer por amor. Ela pode conseguir isso se apaixonando por outra pessoa, convertendo-se a uma nova religião ou depois de receber algum diagnóstico muito grave do seu médico de confiança. Todos esses métodos são eficazes para mudar o seu foco de ação. E mesmo sem ter que chegar a esses extremos é possível que ela supere sozinha a autocomiseração.

Depois que param de sofrer, as pacientes estão prontas para o quinto e mais prazeroso estágio do processo: elas tiram o foco do seu próprio sofrimento e começam a pensar em como fazer outra pessoa sofrer, em geral o ser amado.

Fazer o Outro Sofrer

Nesse estágio, a paciente passa o seu tempo tramando planos de vingança. Parcelas enormes do seu tempo e energia são voltadas para imaginar maneiras de fazer o ex-amado pagar o que fez, seja emocional ou financeiramente. Se o casal não chegou a se casar formalmente, nesse estágio a paciente começa a se informar sobre as leis de pensão para casais que se enquadram na lei da união estável.

O exemplo clássico de paciente em pleno estágio de Fazer o Outro Sofrer é o caso da escritora Nora Ephron, que concretizou a vingança perfeita ao lançar o livro *Heartburn* e dar um jeito de humilhar o ex-marido e ganhar rios de dinheiro ao mesmo tempo.

(Todo mundo diz que ficar vivo é a melhor vingança, mas isso é bobagem. Como qualquer mulher rejeitada pode atestar, conseguir se vingar é que é a melhor vingança.)

Somente depois de obter algum tipo de satisfação vingativa a paciente poderá passar ao sexto e último estágio, o da recuperação.

Recuperação

É nesse estágio que a paciente se liberta das dores do passado e dos medos do futuro. Com a orientação e o apoio do terapeuta, ela descobre que pode voltar para o mundo e começar tudo outra vez.

"Nós tentamos fazer uma projeção de quanto tempo vai levar até a decepção amorosa seguinte", confessa a dra. Kahula-Rossi. "Às vezes, chegamos a fazer um bolão de apostas. Semana passada eu ganhei 430 dólares à custa de uma mulher maníaco-depressiva que sempre se apaixona por artistas alcoólatras."

E, por incrível que pareça, esse ciclo de se apaixonar, levar um fora, catar os cacos do coração partido e partir para outra pode repetir-se indefinidamente ao longo de toda a vida da pessoa.

Tire da lembrança o sujeito como quem lava o cabelo (sem se esquecer de dar um jeito nas pontas duplas)

Muito bem, então o canalha abandonou você. Ele foi embora de casa, sumiu, já era.

Você ficou numa pior, arrasada mesmo. E se pergunta: "Tem alguma coisa que eu possa fazer para melhorar o astral?". Qualquer coisa serve, desde que não vá aumentar a medida do quadril ou deixar você desmaiada no final.

Pois saiba que a resposta é "sim". E eu posso afirmar isso porque já me recuperei de duas decepções amorosas graves, umas duas quedas do cavalo doloridas e um punhado daquelas vezes em que você pensa "Puxa vida, bem que podia ter dado certo dessa vez!".

Dizem os especialistas que agir rapidamente é o segredo para conseguir superar a dor-de-cotovelo. Ficar chafurdando muito tempo na dor e se lamuriando pelo amor perdido só vai render pés-de-galinha horrorosos, e eles são capazes de derrubar o seu valor de revenda na hora da volta ao mercado.

Preste atenção nas dicas a seguir para passar batido pela dor e partir para outra antes que a cor do seu conjunto novinho de lingerie saia de moda:

Dica nº 1 – Repita para si mesma: "Eu devia ter casado com o Roger!".

A primeira etapa do meu programa pessoal de recuperação a jato é dizer em voz alta: "Eu devia ter casado com o Roger!".

O Roger foi um cara com quem eu namorei depois de terminar a faculdade. Ele era gentil, carinhoso, educado e nunca chegava atrasado para nada.

Roger gostava de comemorar as nossas datas especiais (o aniversário do dia em que nos conhecemos, da nossa primeira transa, da nossa primeira ida juntos à Bloomingdale's...) abrindo uma garrafa de Mateus *rosé*.

Ele era simpático com todos os meus amigos, comprava flores para mim e me mandava cartões fofos pelo correio. Levava os meus eletrodomésticos que quebravam para o conserto, e certo dia me disse que eu era "o tipo de mulher que merecia andar por aí numa limusine com motorista".

Eu via o Roger como um cara legal e talvez meio carente demais. Quando não estávamos juntos, era bom lembrar a maneira como ele me tratava bem, mas quando ficava perto dele eu não conseguia me concentrar e acabava esquecendo quase tudo o que ele dizia.

Mesmo assim, Roger não se deixava abater. "Eu vou ficar do seu lado", dizia, "amo você e tenho certeza de que qualquer dia desses você vai se pegar sentindo a mesma coisa".

Ele falava em casamento o tempo todo.

Sendo assim, obviamente, eu dei um tremendo fora no Roger para ficar com o *roadie* de uma banda que havia conhecido numa noite de bebedeira numa boate.

Ele ficou péssimo. Foi dado como desaparecido por quase 36 horas antes de o encontrarem vagando sem rumo pela ponte George Washington.

Eu me senti meio mal, mas fiquei muito pior duas semanas depois, quando o *roadie* terminou nosso namoro relâmpago para ficar com uma *groupie* de cabelo ruivo e cintura de pilão.

Eu fiquei repetindo para mim mesma que não me arrependia de nada, mesmo com os rumos que as coisas haviam tomado, mas não sem antes suspirar que devia ter casado com o Roger (o que aconteceu cerca de cinco segundos *depois* de a minha mãe ter dito: "Você devia ter casado com o Roger, sua cabeça-de-vento!").

E a verdade é que ter terminado o namoro com o Roger não foi puramente um ato masoquista da minha parte. Eu nunca me senti exatamente atraída por ele. Para ser sincera, as lembranças que me ocorrem quando penso no Roger hoje são a quantidade absurda de pêlo preto que ele tinha nas costas e o cheiro horroroso da colônia que ele usava (sempre que recorro à tática de repetir que devia ter casado com o Roger eu tenho o cuidado de suprimir a idéia de acordar com os lençóis cheios de pêlos caídos e os travesseiros cheirando a lavanda barata).

Mas o fato é que provavelmente toda mulher já teve, ou ainda tem, um Roger na sua vida: aquele sujeito muito bonzinho com apenas um defeito fatal (ou dois, vá lá), mas que era completa e desesperadamente apaixonado por você.

Sendo assim, preencha a lacuna e repita comigo, amiga: "Eu devia ter casado com o ____________ ".

Agora que você já pôde se reconfortar lembrando que existiu pelo menos um homem que já quis casar com você de verdade, é hora de ir em frente e livrar-se da lembrança do idiota que não quis fazer isso.

Dica nº 2 – Livre-se de tudo que fizer você se lembrar dele.

Jogue todas as coisas do sujeito dentro de uma mala, que de agora em diante será chamada de "a mala do luto". Não deixe nada para trás: o xampu dele na prateleira do banheiro, os bilhetinhos sacanas que ele espalhava pela casa, as conchas que catou na praia para lhe dar, a TV portátil que você deu de presente a ele quando foi promovido no trabalho, o urso de pelúcia que lhe deu de aniversário, as fotos, as caixinhas de fósforo e entradas de cinema que você guardava de lembrança, os talheres e toalhas que roubaram do primeiro hotel onde se hospedaram juntos. Jogue tudo dentro da mala – menos a TV portátil e algum outro aparelho eletrônico que esteja funcionando.

Se a mala do luto não tiver espaço para tudo, providencie uma "caixa do luto", ou "contêiner do luto", que seja. Se vocês moravam juntos ou eram casados, talvez seja preciso contratar os serviços de um "frete do luto" também.

Dica nº 3 – Curta a fossa.

Passe as 24 horas seguintes chorando tudo o que tiver para chorar. Mergulhe em todas as lembranças que tiver do tempo em que ficaram juntos.

- Veja todos os DVDs e escute todos os CDs que fazem você se lembrar dele.
- Use aquela camisola *sexy* que você comprou para o fim de semana a dois nas montanhas.
- Faça uma jarra do drinque favorito dele e fique rememorando o último porre que vocês tomaram juntos.
- Examine cada item da mala do luto. Releia cada bilhete, passe os dedos pelo nome dele gravado em relevo no cartão de visitas, fungue ao pegar cada ingresso antigo de cinema.

Depois de 13 ou 14 horas se acabando de sofrer, você vai começar a ficar incomodada e a pensar se o canalha vale mesmo tantas lágrimas. E vai concluir que ele vale, sim, e vai chorar por mais uma hora e quarenta e cinco minutos sem parar.

Você vai chegar a pensar em suicídio, mas logo se lembrará de que ainda não estreou aquele seu par novo de Manolo Blahnik divino, e que portanto ainda lhe resta alguma razão para viver.

Ao final das 24 horas de dor, você certamente vai estar tão cheia de ficar sofrendo e relembrando que já vai ter caído no sono de puro tédio.

Dica nº 4 – Mude o seu condicionamento.

Depois do seu dia de fossa completa, talvez você seja levada a crer que já virou completamente a página, que está pronta para outra. Tenha muito cuidado com esse tipo de pensamento. Afinal, como acontece com os seus outros grandes vícios (álcool, drogas, cigarro, os shows do Holliday On Ice), é bem possível que você se veja prestes a voltar aos mesmos padrões destrutivos de sempre quase sem sentir.

Sendo assim, o melhor a fazer é adestrar os seus pensamentos, para evitar até mesmo ter que pensar nos sujeitos. Os psicólogos chamam isso de "mudança de condicionamento", e usam uma técnica bastante rudimentar para conseguir produzi-la em cobaias com bons resultados. Portanto, com um pouquinho de esforço, ela deve dar certo com você também.

O método é bastante simples: sempre que se pegar pensando no seu ex-amor, corra para a cozinha e comece a picar cebola.

Trabalhe com toda a energia que tiver, mantendo o rosto bem perto da tábua (ATENÇÃO: não recorra a nenhum daqueles macetes idiotas que sua mãe lhe ensinou, como cortar a cebola debaixo da água corrente, ou segurar um palito de fósforo entre os lábios). Continue cortando por dez minutos ou até ficar com os olhos tão ardidos e lacrimejantes que não consiga enxergar mais nada.

Sempre que sair você vai ter que levar a faca, a tábua e as cebolas junto. É melhor já deixar o kit todo dentro da bolsa. Caso você comece a pensar no ex a caminho do dentista, estacione o carro imediatamente e corte a cebola com vontade!

Se continuar se punindo desse jeito, vai ter conseguido eliminar totalmente o sujeito dos seus pensamentos bem antes da segunda panela de sopa de cebola ir para o fogo.

Dica nº 5 – Aprenda a lidar com o quarteto VIRC.

Quarteto VIRC foi a expressão criada pelos psicólogos para designar os quatro elementos principais da dor de amor: vingança, inveja, raiva e ciúme.

VINGANÇA

É o mais saudável dos quatro sentimentos, e deve sempre ser estimulado. Passe bastante tempo tramando a sua vingança. Mesmo que você nunca chegue a cortar os pneus do carro dele com estilete, jogar ovos podres na porta da sua casa ou deixar recados obscenos no correio de voz do canalha, o simples ato de imaginar-se fazendo isso já rende uma tremenda satisfação.

INVEJA

A inveja, a mais desprezada das Quatro Emoções, é um sentimento que a maioria de nós faz tudo para negar. Nós insistimos em repetir para nós mesmas que não invejamos a vida de ninguém, que estamos acima desse tipo de mesquinharia.

Mas isso, claro, é uma tremenda mentira.

A verdade é que somos bombardeados por pensamentos invejosos o tempo todo, e que nos esforçamos para despertar esse sentimento nos outros.

Conseqüentemente, o jeito mais eficaz de lidarmos com a inveja é aceitando esse sentimento como uma coisa natural, que faz parte da nossa humanidade.

Uma maneira de aprender a expressar a nossa verdadeira essência é tomando como lição a frase da maior heroína do cinema americano, quando ela diz: "Oh, Rhett, todo mundo vai ficar verde de inveja quando vir a nossa casa... Eu quero que todos os que foram cruéis comigo fiquem se roendo por dentro agora!".

Falou e disse, dona Scarlett!

RAIVA

Todo mundo tem dificuldade em lidar com a própria raiva. Explorar as fronteiras da raiva costuma dar aos terapeutas muitas horas de material interessante de ser trabalhado (explorar nossas culpas com relação ao sexo também, mas isso não vem ao caso no momento). É como o famoso psiquiatra Emil Kohutten costumava dizer: "Se meus pacientes não tivessem tamanha dificuldade em lidar com a própria raiva eu não estaria aqui com meu BMW novinho a cada ano que passa".

CIÚME

Dentre essas quatro, o ciúme é a emoção com a qual as mulheres estão mais familiarizadas. Nós aprendemos, quase desde o berço, a ter ciúme das outras mulheres. Desde a primeira vez em que tentamos sufocar a nossa irmãzinha recém-nascida até cinco minutos atrás, quando você pensou seriamente em dar uma rasteira naquela loira na fila do caixa eletrônico, a maior parte das mulheres simplesmente aceita o ciúme como um pré-requisito básico do seu dia-a-dia.

O problema é que os homens não chegam nem perto desse grau de paranóia feminina. Uma mulher apaixonada pode desconfiar até do manequim da vitrine da loja. Uma vez eu passei uma noite inteira me consumindo em ciúmes, depois de ter visto um par de brincos de argola na mesa-de-cabeceira do meu namorado Brian. E só depois de *dois dias inteiros* sofrendo em silêncio eu enfim fui lembrar que os malditos brincos eram meus mesmo!

O Brian, por sua vez, seria capaz de não dar a mínima nem se achasse uma cueca samba-canção perdida no meio dos meus lençóis. Ele acreditava piamente que nenhuma mulher que tivesse a sorte de ter sido escolhida por ele iria sequer pensar em outro cara (e o pior é que o desgraçado estava certíssimo!).

Dica nº 6 – Livre-se das pontas duplas.

Agora que você já aprendeu a lidar com os sentimentos de vingança, inveja, raiva e ciúme, que já se lembrou de todos os homens que quiseram de verdade se casar com você (tudo bem, *do homem* que quis de verdade), que já tirou de circulação todas as cuecas e demais pertences do ex, que já chorou tudo o que tinha para chorar, já mudou os seus condicionamentos e até já encarnou a própria Scarlett O'Hara, você pode ter a certeza de que esse relacionamento definitivamente é uma página virada na sua história. E que, portanto, você já está pronta para mergulhar de cabeça num novo amor.

Feche o livro. Respire bem fundo.

Volte a abri-lo no capítulo *Como Chamar um Homem Para Sair,* na página 73. E comece tudo outra vez, de novo.

Ah, e quanto às desagradáveis pontas duplas: os cabelos rebeldes, meu bem, devem ser tratados da mesma maneira que os homens que ousam tentar estragar a sua vida. Corte os excessos fora, sem dó nem piedade.

Depois é só você tratar de partir, linda, leve e solta, rumo ao seu novo corte de cabelo divino – e a um namorado delicioso e novinho em folha!

POSFÁCIO

Os pobres sonham em ser ricos, os ricos sonham em ser felizes, os solteiros sonham em se casar e os casados sonham com a morte.
ANN LANDERS, em entrevista à *PEOPLE*,
edição de 24 de novembro de 1986.

Por três dias depois que você morre, os cabelos e unhas mantêm seu ritmo de crescimento inalterado, mas os telefonemas começam a rarear.
JOHNNY CARSON

Uma nova visão sobre os encontros amorosos

Como eu contei no Prefácio, comecei a escrever este livro pouco depois de o Jim ter me dado um tremendo fora, sem a menor cerimônia.

Isso foi há seis meses. Mais ou menos na mesma época, eu saí para almoçar com a minha amiga Lisa, e entre uma margarita e outra contei toda a história trágica a ela.

"Que imbecil!", foi a reação dela. "Que tipo de sujeito seria louco de fazer uma coisa dessas com você? Olhe aqui, eu aposto que essa história não terminou ainda. Ele ainda vai telefonar dizendo que fez uma burrada e pedindo pelo amor de Deus para voltar."

"Ai, Lisa... Será?"

"Pode apostar. Dessas coisas eu entendo. Já vi acontecer milhões de vezes. Os homens são uns patetas. Um belo dia, quando você menos esperar, o Jim vai telefonar para dizer que enfim percebeu que fez a escolha errada."

"Mas ele disse que a outra era médica."

"E daí? Uma escritora de sucesso é melhor que qualquer mulherzinha de jaleco branco."

"Mas ele falou que eles se conheceram na internet. Num bate-papo virtual, ainda por cima."

"Tudo bem, então a história deles começou de um jeito romântico. Mas isso não quer dizer que ele não possa cair em si mais cedo ou mais tarde. Ele vai ligar implorando perdão, e você só vai precisar dar uma segunda chance ao cara. Aposto que ele vai ficar choramingando que vai enlouquecer se você não aceitá-lo de volta!"

"Você acha mesmo?", eu retruquei, já me deliciando com a imagem do Jim de joelhos implorando para voltar.

Lisa ficou firme: "É claro. E vai ser maravilhoso para a sua auto-estima ter o prazer de dispensá-lo de vez."

"Mas será que eu preciso ser tão... drástica?"

"Você não está pensando em voltar a namorar de verdade com o verme outra vez, está?"

"Bom, eu..."

"Dê-se ao respeito, garota! É claro que esse aí não merece mais nem uma migalha da sua atenção!"

"É, eu acho que não."

"Assim é que se fala."

Pois bem, mais quatro meses se passaram e aqui estou eu, terminando de escrever o livro que pretendia encerrar com o relato do novo telefonema do Jim. Só que não houve telefonema algum.

Lisa acha que não há motivo para eu me preocupar. "Quanto mais ele demorar para ligar, mais idiota vai estar mostrando que é. Se o cara é muito burro, ele demora mais para se dar conta dos erros que cometeu. Pode levar até seis meses, ou um ano. Quem sabe? Se o cara for descerebrado mesmo, pode ser até que leve mais de um ano, mas ele vai ligar, você vai ver."

"Você tem certeza?"

"Quer saber do que mais, querida? Se por acaso ele não ligar, só pode significar uma coisa: que o cara não é homem o bastante nem para reconhecer os próprios erros."

Por motivos óbvios, eu saio renovada de cada encontro que tenho com Lisa, e comecei a ficar cada vez mais ligada a ela do "episódio Jim" para cá. Nós nos falamos por telefone pelo menos uma vez por semana, e já combinamos de ir ao cinema juntas mais tarde.

Enquanto passam os *trailers*, vamos comer pipoca e ficar falando mal do Jim. Depois do filme devemos sair para jantar e dissecar mais detalhadamente o que eu ainda sinto por ele, num processo que, como sempre, deve me ajudar a entender cada vez melhor uma grande verdade da vida: os namorados vêm e vão, mas são as amigas como a Lisa que continuam sempre dispostas a fazer companhia a você numa noite de sábado qualquer.

Linda Sunshine
Uma noite de sábado em junho
Cidade de Nova York

O LÉXICO DA APRENDIZ DAS ARTES DO AMOR

Para todas vocês que adorariam que os homens viessem com manual de instruções (ou pelo menos com um tradutor automático embutido), segue uma lista das frases mais usadas no vocabulário do Amor com as devidas interpretações que cada um dos sexos faz delas – o verdadeiro guia de sobrevivência na selva amorosa do século XXI.

A PALAVRA É...	**NÃO DÁ**
Usada na frase	Hoje à noite *não dá.*
Definição feminina	Vou aproveitar para ir à lavanderia, mas quero que ele ache que vou sair com outro.
Definição masculina	Eu vou sair com outra.

A PALAVRA É...	**COMPROMISSO**
Usada na frase	Sim, nós temos um *compromisso* um com o outro.
Definição feminina	Eu não vou olhar para outro homem.
Definição masculina	Eu não vou falar de outras mulheres.

A PALAVRA É...	**COMPATIBILIDADES**
Usada na frase	Nós temos *compatibilidades.*
Definição feminina	Temos interesses em comum.
Definição masculina	Ela gosta de vôlei.

A PALAVRA É...	SAINDO COM
Usada na frase	Eu estou *saindo com* uma pessoa nova.
Definição feminina	Eu estou no processo de tentar construir um namoro.
Definição masculina	Eu estou no processo de tentar evitar que a coisa vire namoro.

A PALAVRA É...	EMOÇÕES
Usada na frase	Em QUALQUER contexto.
Definição feminina	Um tema para ser conversado a dois.
Definição masculina	Aquela música do *Rei.*

A PALAVRA É...	AMIGOS
Usada na frase	Vamos ser *amigos.*
Definição feminina	A gente pode sair e jantar juntos, mas sem sexo.
Definição masculina	A gente pode fazer sexo, mas sem discutir a relação.

A PALAVRA É...	NOITE ÓTIMA
Usada na frase	Eu tive uma *noite ótima* ontem.

Definição feminina	Flores, um belo restaurante, saída para dançar, um passeio à luz da lua e muito papo.
Definição masculina	Jantarzinho caseiro no apê dela, uma partida de videogame e um boquete.

A PALAVRA É...	**PESSOAL**
Usada na frase	Quando ele diz: "Vou sair para beber com o *pessoal*".
Definição feminina	Ele vai sair para pegar mulher.
Definição masculina	Eu vou sair para beber com o pessoal e pegar mulher.

A PALAVRA É...	**SINCERIDADE**
Usada na frase	Nós temos um pacto de *sinceridade.*
Definição feminina	Contamos tudo um para o outro.
Definição masculina	Hein?

A PALAVRA É...	**CASAMENTO**
Usada na frase	Eu não acredito em *casamento.*

Definição feminina	Vou mudar de idéia quando conhecer o cara certo.
Definição masculina	Eu não acredito em casamento.

A PALAVRA É...	**RELAÇÃO**
Usada na frase	Vamos discutir a *relação.*
Definição feminina	Algo que existe entre duas pessoas que saíram juntas mais de três vezes.
Definição masculina	Um esquema que vai arrasar a minha masculinidade.

A PALAVRA É...	**SE FALA**
Usada na frase	A gente *se fala.*
Definição feminina	Daqui a dois ou três dias, no máximo.
Definição masculina	Qualquer coisa entre duas semanas e nunca mais.

A PALAVRA É...	**MENTIRINHA À TOA**
Usada na frase	Quando ele diz: "Foi só uma *mentirinha à toa*!"
Definição feminina	Ele mentiu.
Definição masculina	Eu menti, mas esta não conta.